西の魔女が死んだ

梨木香歩作品集

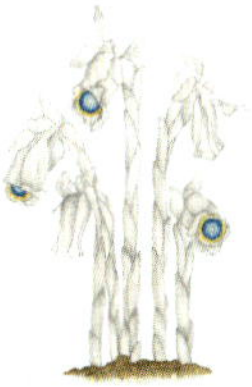

新潮社

西の魔女が死んだ　梨木香歩作品集　目次

西の魔女が死んだ　梨木香歩作品集

西の魔女が死んだ

西の魔女が死んだ。四時間目の理科の授業が始まろうとしているときだった。まいは事務のおねえさんに呼ばれ、すぐお母さんが迎えに来るから、帰る準備をして校門のところで待っているようにと言われた。何かが起こったのだ。

決まりきった退屈な日常が突然ドラマティックに変わるときの、不安と期待がないまぜになったような、要するにシリアスにワクワクという気分で、まいは言われたとおり校門のところでママを待った。

ほどなくダークグリーンのミニを運転してママがやってきた。英国人と日本人との混血であるママは、黒に近く黒よりもソフトな印象を与える髪と瞳をしている。まいはママの目が好きだ。でも今日は、その瞳はひどく疲れて生気がなく、顔も青ざめている。

ママは車を止めると、しぐさで乗ってと言った。まいは緊張して急いで乗り込み、ドアをしめた。車はすぐ発進した。

「何があったの？」

まいはおそるおそる訊いた。

ママは深くためいきをついた。

「魔女が――倒れた。もうだめみたい」

突然、まいの回りの世界から音と色が消えた。耳の奥でジンジンと血液の流れる音がした、ように思った。

失った音と色は、それからしばらくして徐々に戻ったけれど、決して元のようではなかった。二度と再び、まいの世界が元に戻ることはなかった。

「まだ……」

生きてるの、と言いかけて、まいは思わず口をつぐんだ。そして大きく息を吐いてから、

「話ができるの？」

と訊いた。

ママは首を振った。

「電話がきたの。心臓発作らしいわ。倒れているのが発見されて、そのときはもう脈もなかったみたい。解剖したいって、病院では言っているらしいんだけれど、あの人はそういうことは絶対嫌なタイプだから断ったの」

そうだ、あの人はそういう「タイプ」だ。まいは車のシートを後ろに倒し、腕で目の上を覆った。ひどく体が重い。衝撃だった。悲しいというより。それでは、これから六時間余り車で走らなければならないわけだ。高速道路まで一時間、高速道路を四時間、高速道路から降りて一時間。それだけの距離をミニで走るのはきつい。地面を身体《からだ》で測りながら這うように移動する車だから。

まいは腕をずらして、車のフロントガラスを見つめた。雨がポツポツとそこに水滴を付け始めた。ママはまだワイパーを動かさない。昨日、テレビが梅雨入り宣言をしていた。いや、テレビではなく、気象庁が。

雨はだんだん強くなり、窓越しの景色が見えにくくなった。ママはまだワイパーを動かさない。

まいはちらりとママの顔を盗み見た。ママは泣いていた。声も立てずに、ただ涙だけが勝手に流れ落ちているのだというように。これはママの泣き方だ。ずっと以前にも見たことがある。

「ワイパー」

まいは小さく言った。

ママは一瞬混乱したようだった。自分の涙にまず気づき、それから外の世界に気づいた

のだろう。少し間を置き、

「ああ、雨が降っているのね」

と言いつつ、ワイパーを動かした。水滴が拭《ぬぐ》われて、街路樹のプラタナスの若葉が次々に現れては去り現れては去りした。

プラタナスの芽吹きって、何か「勃発」って感じがする。まいは、ぼんやりそう思いながら、ポケットからハンカチを取り出しママに渡した。

「ありがとう」

ママは反射的に応えると、片手でハンドルを握ったままハンカチで涙を拭いた。

まいは体がどんどん重く沈み込んでいくように感じた。そして二年前の、季節が初夏へと移り変わるちょうど今ごろ、おばあちゃんと過ごした一ヶ月余りのことを、急にすごい力で体ごとぐんぐんと引き戻されるように思い出した。部屋や庭の匂いや、光線の具合や、空気の触感のようなものが、鼻孔の奥から鮮やかに甦るような、そんな思い出し方で。

ママが真面目な顔で「そうよ、あの人は本物の魔女よ」と打ち明け、それ以後、二人だけのときはいつもおばあちゃんのことを「西の魔女」と呼ぶようになった、あの一ヶ月余りのことを。

二年前の五月、まいは小学校を卒業し、中学校に入ったばかりだった。始まりはいつもの季節の変わり目の喘息だった。けれど発作が起きなくなっても、まいは学校に行けなかった。学校に行くことを考えただけで息が詰まりそうだった。

ママは困った。しかし賢明だった。なだめたりすかしたり怒ったり、というむだなエネルギーは一切使わなかった。なぜなら、もうそろそろ学校へ行ったほうがいいんじゃないか、とママが最初に何げなく言ったとき、まいはママの目をじっと見て諭すように真剣に言ったのだ。

「わたしはもう学校へは行かない。あそこは私に苦痛を与える場でしかないの」

ママは観念した。まいがこうまで言うのはよっぽどのことだから。けれど、かろうじてこう言った。

「わかったわ。じゃあ、とにかくしばらく学校を休みましょう。中学が始まって、まだ一ヶ月もたっていないじゃないの。そんなに早く結論を出すことはないわ。きっとまだ完全に回復しきってないのよ。二週間もすれば、気力も充実して元気になるかもしれない」

なぜ学校がまいにとって「苦痛を与える場でしかない」のか、ママが訊こうとしなかったのは不思議だ。おそらく知るのが怖かったのだろう。ママはハーフだったせいもあって、学校というものについぞ溶け込めなかった。当時も今もこの辺りにはインターナショナル・スクールなどはない。まいの話を聞いて、学校生活というものを追体験するのが嫌だったのかもしれない。

まいは思った。それでもとにかく、ママは日本で大学まで卒業した。りっぱだ。なのに、わたしはすでに中学で座礁しようとしている……。

その夜、単身赴任しているパパにママが電話をかけた。まいはベッドに入っていたけれど、全身を耳のようにして身動き一つせず聞いていた。

「……ええ、喘息の発作はもうでないのだけど、学校へは行かないって言うの。……そう。あんまり強く叱ってもね、かえって逆効果でしょ。理由？　さあ。あの子はとにかく……。何ていうのかしら、感受性が強すぎるのね。どうせ、何かで傷ついたには違いないんだろうけど。昔から扱いにくい子だったわ。生きていきにくいタイプの子よね。……とりあえず、田舎の母のところでゆっくりさせようと思うの。空気がいいから、喘息にもいいしね。……登校拒否っていう言葉は知っていたけれど、まさかねえ……自分の子がそうなるなんて思ってもいなかったわ。青天の霹靂《へきれき》ってこのことね。……ええ、まだそう断定するつもりはないわ、もちろん。でも優等生でずーっときた子でしょう。まさかねえ……」

それからパパの仕事のことをきいている声が続いていたが、まいにはそんなことはもうどうでもよかった。ママはもうわたしに誇りが持てなくなったのだ。まいにはそれがいちばんつらく悲しかった。飛び出していって、「ごめんね、ママ」と謝りたかった。けれど心の底に、「扱いにくい子」「生きにくいタイプの子」という言葉が、錨のように重く沈んでいた。まいはそれは本当のことだと知っていた。

「認めざるをえない」

まいは小さく呻るように呟いた。この言葉は初めてつかう言葉だ。まいはちょっと大人になった気がした。

「それは認めざるをえないわ」

まいはもう一度呟いた。これですっかりこの言葉を自分のものにできた気がした。それから、学校に行くことに比べたらこんなことまだ我慢できる、と自分に言い聞かせた。それにほら、ママは「田舎の母のところでゆっくりさせ」るって言っていた。

まいは、小さいころからおばあちゃんが大好きだった。実際、「おばあちゃん、大好き」と、事あるごとに連発した。パパにもママにもそんなことは照れくさくて言えない。おばあちゃんが外国のひとで、そのことでかえってストレートに感情を表現できるのかもしれなかった。そういうとき、おばあちゃんはいつも微笑んで、

「アイ・ノウ」

知っていますよ、と応えるのだった。そのパターン化されたやりとりは、仲間同士の秘密

の合い言葉のようだった。

おばあちゃんと一緒に暮らせる、と思っただけで嬉しくなる。と、同時に一抹の不安もあった。「一緒に暮らす」ことは、時々「遊びにいく」ということとは違う、とまいは思った。

わたしの全体を知って、おばあちゃんはがっかりしないだろうか。ママががっかりしたように。そしておばあちゃん自身もまた、どこか底知れないところがあって、まいは少し怖くもあった。

でもそれが、まいがおばあちゃんに魅きつけられる理由の一つでもあったのだけれど。


次の日曜日、まいはママの運転する車でおばあちゃんのうちへ向かった。当時まいたちは、おばあちゃんの家から車で一時間ほどのところに住んでいた。

ボストンバッグと段ボールに、学校の教科書や文房具、衣類、まんがや本、歯ブラシ、マグまで詰めた。

「おばあちゃんのうちにだって、ティーカップぐらいあるわよ」と、ママはあきれていたけれど、使い慣れたこのマグがあるとその回りにぽわんとした「自分の場所」のような空間が拡がって、きっと予想されるホームシックが防げる、とまいは思ったのだ。

まいは時々ひどいホームシックに悩まされることがあった。それは、たとえ自分の家にいるときでもやってきたから、「ホームシック」と呼ぶのはおかしいのかもしれなかったが、まいにとってはそれ以外の何ものでもなかった。胸が締めつけられるような寂しさを感じてしまうのだ。

それがなぜ、どこから来るものなのか、おばあちゃんのうちでもやってくるのか、このマグがどれくらい効果的か、まいにはわからなかったが、とりあえず万全の備えが必要だ。

車は長い長い峠の坂道を登り、山の中に入った。

やがて薄暗い孟宗竹《もうそうちく》の竹藪が右手に出てきて、それから荒れ果てた人家が見えた。その庭の奥から、数匹の犬が一斉に吠えた。

ママはスピードを落とし、左手に延びている小道に入った。ミニで入るのが精いっぱいの小道だ。楓の木が両側から枝をさしかけて、トンネルのようになっている。

車はくの字型に大きく一度曲がると、まいの身長より少し高そうな、古びた遺跡のような門柱を通って止まった。

そこはもうおばあちゃんのうちの前庭だった。庭の中心には大きな樫の木が一本立っており、その回りを囲むように小道や草花、庭木があった。

車のドアを開けて外へ出ると、ちょうどおばあちゃんが家から出てきた。

黒に近い褐色の大きな瞳。今はもう半分以上白くなり、後ろで無造作にひっつめられた褐色の髪。骨格のしっかりした大柄な身体《からだ》。歯を見せずに、にやりと（どう見てもにっこりというよりにやりだった）笑いながら、じっとまいたちを見つめている。

ママはおばあちゃんに近づくと、厳かにおばあちゃんの肩に右手を回し、胴に左手を回した。そして両頰を交互におばあちゃんの頰に寄せると、振り向いてまいの方を見た。

まいも近づくと、

「おばあちゃん、久しぶり」

と声をかけた。

「来ましたね」

おばあちゃんは流暢な日本語で応えて、まいの頰を両手で包むようになでた。

まいたちは、それから庭を伝って家の反対側に回り、台所ドアから台所に入った。

台所ドアはガラスの入ったドアで、開けると一畳ほどのサンルームになっている。台所に入るには、更にもう一枚ドアを開けないといけない。台所といっても、タイルを敷き詰めた土間の様な感じで、靴ばきで出入りできる。

台所には、裏庭に面して開けられた窓に寄せて、ダイニングテーブルと椅子が置いてある。まいたちはそこにかけて、おばあちゃんがいれてくれたお茶を飲み、缶から取り出したビスケットをつまんだ。ママは、来る途中の町の様子がだいぶ変わったこと、パパが赴任先で元気そうに生活していること、庭の植物が生き生きしていること、つまり当たり障りのないこと、要するにまいに関係のないことをしゃべり続けた。

裏庭には、料理の最中に台所から出てきてすぐ採れるよう、葱、山椒、パセリにセージ、ミントやフェンネル、月桂樹などが植えてあった。まいはぼんやりと外を見ながら、本当にそれらが陽の光をいっぱいに浴びて生き生きしていると思い、話はまだ核心にきていないと思った。

まいは立ち上がって二枚のドアに挟まれた小さいサンルームに行った。完全に外でもなく、完全に内でもないその空間には、ガラスの壁に細めの板が数枚渡してあり、小さい植木鉢や植木ばさみ、じょうろなどが置いてあった。下の方には棚はなく、長年の泥はねなどでガラスがひどく汚れていた。おまけに床のれんがには、隅の方に雑草が生えていた。

ママが声のトーンを落とした。さあ、また「扱いにくい子」を口にするのか。けれど、何をしゃべっているのかうまく聞こえない。

まいはしゃがんで、その雑草をつくづくと見た。小さな青い花をつけている。勿忘草《わすれなぐさ》をうんと小さくしたような花だ。

突然、おばあちゃんの力強い声が響いた。

「まいと一緒に暮らせるのは喜びです。私はいつもまいのような子が生まれてきてくれたことを感謝していましたから」

まいは目を閉じた。そしてゆっくり深呼吸し、再び開けた。この小さな青い花はなんて愛らしいのだろう。まるで存在がきらきら光っているようだ。まいはその花をそっと両手のひらで包むようにした。

「まーい」

と、ママが声をかけた。

まいは弾かれたように立ち上がって返事をした。

ママは笑っていた。

「サンドイッチをつくろう。裏の畑にいってレタスとキンレンカを採ってきて」

「はーい」

まいは明るく返事をして、外へ飛び出した。

畑は月桂樹の木の向こう側にある。畑に入ると、足が柔らかい土にめりこんだ。雑草だらけの畑だ。露で膝までぬれた。レタスは大きく広がっていたので、まいはまん中の部分だけ力を入れて採った。その拍子に太ったなめくじがぽろっと落ちて、思わずぞっとした。それから急いで戻り、月桂樹の根元にわさわさと生えているキンレンカの葉を数枚採ると、台所に帰った。

　ママは薄く切ったパンにバターを塗っていた。おばあちゃんはいり卵をつくっていた。バターに卵の溶けるいい匂いが部屋じゅうに広がっていた。

「これでいい？」

　まいはママへともおばあちゃんへともなく聞いた。

「ええ」

　ママとおばあちゃんは同時に言い、思わず顔を見合わせると、ママが譲るような表情で肩をすくめ微笑んだ。

「それを洗って、ざるに入れておいて下さい」

おばあちゃんがゆっくりと、いかにも指示を出す人のように言った。

「レタスは何枚？」

「三、四枚かしら」

　まいはレタスを三枚と半分はがし、キンレンカも一緒に洗いざるに入れて水を切っておいた。

　おばあちゃんがやってきて、

「ありがとう」

と言いながら、レタスを一枚ずつ手のひらに載せ、ぱん、ぱんと水けを切ると同時に平べったくした。そして、適当な大きさに裂いて、ママが並べておいたパンのうち、二枚のパンの上に載せた。それから冷蔵庫からハムを取り出し、その上に一枚ずつ載せていき、キンレンカの葉も同様にした。

残りのパンの上にはレタスだけ何枚も置き塩を振ったり、いり卵だけ置いたりして、端からパンをかぶせていった。そして、まな板の上に載せ、ざくざくと耳もとらずに無造作に三等分していった。その間、ママは沸騰したお湯をやかんからポットに入れ、紅茶の準備をした。

「まい、棚からお皿を出して」

おばあちゃんがまいに言い、まいは丸い大きめの平皿を示した。

「これでいい？」

「そう。それが大体食事のときの皿になります」

まいはその皿を三枚配膳台の上に並べた。おばあちゃんはその上に、ポン、ポン、ポン、と出来上がったサンドイッチを載せていき、その手で配膳台の下部の引き出しからクロスを出してテーブルに広げた。

「まい、カップを持ってきて下さい」

「ああ、まいはね、自分のカップを持ってきているのよ」

と、ママはまいの方を見た。

「そういえば、荷物がまだ車の中だったわね。まい、取っておいで」

「えー、全部一人で」

「ボストンバッグが一つと段ボールが一つでしょ。車にキャリーが入っているから一度で運べるわ」

「はーい」

まいはためいきをつきながら、台所から出ていった。そして、車の駐めてある前庭に向かうと、見知らぬ男がしげしげと車の中をのぞき込んでいるのが目に入った。

その男は、真夏の強い日差しでできる影のように黒かった。ぶくぶくと締まりなく太っており、目だけが異様に光っていた。

まいはたじろいだが、とにかく車から荷物を出さないといけない。

その男もまいに気づき、ばつが悪そうに目をそらした。車内には、ドライブの途中で食べ散らかしたお菓子の袋やジュースの缶などが散らかっていた。

まいはこの男のずうずうしさに腹も立って、つっけんどんに、

「こんにちは」

と声をかけた。

男はまじまじとまいを見て、何か口の中で「うむ」とか「ふん」とか応えた。そしていきなり怒鳴った。

「おまえはどこのもんじゃ」

まいはびっくりしたが、とりあえず、

「ここは、わたしの祖母のうちです」

と応えた。

男はもう一度まいをじろじろ見て、

「遊びに来たんか」

と訊いた。やはり、大きな声だった。

まいはちょっと迷ったが、

「しばらくここにいるんです」

病気なので、と小さく付け加えた。

「ええ身分じゃな」

吐き捨てるように言うと、男は門から出ていった。

まいは怒りのために腹わたが煮えくり返りそうだった。車のトランクを開けるときも、手が震えて力が入らなかった。

何でこんな言われ方をしなければならない？　黙って人のうちに入ってきて、「おまえはだれだ」ってどういうこと？　何であんなに威張っているの？

まいはトランクからキャリーを出して、パタンパタンと組み立て、段ボールの箱を載せ、その上にボストンバッグを置いた。さっきまでの明るい気分はどこにも残っていなかった。キャリーにひもをかけるのも忘れ、注意深く押すこともしなかったので、何度もボストンバッグが下に落ちた。

やっとのことで、台所に入ると、おばあちゃんとママはもうテーブルについてまいを待っていた。まいは、時々涙が出そうになるのをこらえて、さっきの出来事を話した。

ママは困ったような顔をして、

「それはひどいわね。だれかしら」

と、おばあちゃんに向かって言った。

おばあちゃんはまいにテーブルにつくように言い、

「たぶん、ゲンジさんでしょう。犬が吠えて、見かけない車がうちに入っていったので、心配して見にきてくれたんでしょう」

「ゲンジさん。あら、あの人、戻ってきたの」

ママは眉をひそめながら、ボストンバッグを開け、まいのマグを出し、水道の水で洗ってから持ってきた。何度も落としたにもかかわらず、マグは無事だった。

「あの人はだれなの、どこに住んでるの」

まいはまだ興奮した口調で訊いた。

「ゲンジさんは道路の向かいの家にいます。時々、庭の仕事を頼むんです。買い物とか」

おばあちゃんはまいのマグにミルクを注ぎ、紅茶を入れてまいの前に置いた。

「いいカップね。まいはいい趣味ね」

まいは、大きくため息をついて一口すすった。濃く入れてあって、かぐわしく、おいしかった。

まいは、先程のおばあちゃんの口調からあの男をかばうような何かを感じていて穏やかではなかったのだが、ようやく少し、何かが落ち着いたような気がした。

「道路の向かい側のうちって、あの、犬がいっぱい吠えていたところでしょ。前来たときは、あの犬たち、いなかったと思うけど」

「ゲンジさんはずっと町にいて、少し前からあの家に帰ってきているんです。おとうさんが亡くなられたので」

ママがおばあちゃんの方を向き、小さい声で聞いた。

「やっぱり離婚したんでしょう？」

おばあちゃんはサンドイッチに手を伸ばしながら応えた。

「よく知りません。今は一人で住んでいるみたいですけど」

まいもサンドイッチを手に取り、キンレンカの葉だけ抜いた。このワサビのような、カラシのような、ぴりりと青臭い味がまいは好きではなかった。ママはまいがそれを抜いても何も言わなかった。

「あの人、しょっちゅう来るの？」

まいは、もうだいぶ落ち着いた声で、それをほおばりながら聞いた。

「そんなには来ませんよ。それより、まいの部屋をどちらにしますか。屋根裏の二部屋のうちどちらか」

話が急に変わったので、そしてそのことについてうかつにも全く考えていなかったので、まいは慌てて考えを巡らせた。

この家の一階は、前庭に面してリビングルームと納戸、おばあちゃんの部屋をまん中にして、裏庭側にこのキッチン、という間取りになっている。

屋根裏と呼んでいる二階には、前庭側におじいちゃんの使っていた物置のような部屋と、裏庭側に昔ママが使っていた部屋がある。おじいちゃんは鉱石が好きだったので、前庭側の部屋はいまだに石だらけだ。それに窓からまたあの男の姿を目にするのではという不安が胸をよぎり、まいはママの部屋にすることにした。

「わたし、ママの部屋にする」

そう言うと、ママはにこっと笑い、

「もう、ずいぶんあの部屋にも入っていないわね。まだそのままなの？」

「そのままですよ」

「ちょっと行ってくるわ。お掃除したりしないと」

と言いおいて、ママはそそくさと二階へ上がった。おばあちゃんはにやりとしてまいに目配せした。

「ママは、まいに見せたくないものを片づけに行ったんです」

「えっ」

思ってもいなかったことだったので、まいは驚いて声を上げた。

「なんだろう。わたし、見たいなあ」

おばあちゃんは、やはり、にやりとして首を横に振った。

「まいにも、人に見せたくないものはあるでしょう」

「そうかなあ」

まいは一応とぼけた。

「人は大人になろうとするとき、そういうものがどんどん増えていくんです。まいのママは……」

おばあちゃんは、煙草とマッチの箱と灰皿を取り出し、煙草に火をつけた。

「あの部屋で大人になっていきましたから、そりゃあたくさんあると思いますよ」

まいは、おばあちゃんの煙草は全然気にならなかった。おばあちゃんもそれを知っていた。けれども、ママはまいの喘息を盾にとって、パパの煙草をやめさせていたし、おばあちゃんの喫煙も昔から嫌っていた。それで、おばあちゃんもママの前では煙草を控えている。

台所のテーブルは長方形で、それほど大きくもなく小さくもない。五、六センチの高さの小さな陶製の花瓶に、庭の花が可愛らしく生けてあった。

裏庭に面した出窓のところにおじいちゃんの写真が置いてある。白髪混じりの不精ひげを生やした面長の顔に、麦わら帽子が影を落としていた。夏の日に、この庭で撮ったのに違いない。おじいちゃんは細い目をして笑っている。おじいちゃんの横で、ブラッキーと呼ばれていた黒い犬がいかにも利発そうな目をしてこちらを見ている。ブラッキーもおじいちゃんも、もういない。

まいは、この写真が好きだった。

おじいちゃんは、昔、ミッション系の私立中学の理科の教師をしていた。そこで英語の教師として赴任してきたおばあちゃんと出会い、結婚したのだ。おじいちゃんはまいの小さなときに亡くなったので、まいはほとんど覚えていない。

おじいちゃんとおばあちゃんが出会わなければ、ママは生まれず、自分も今ここにいないのだ、いや、そもそも、おばあちゃんが、日本に来ようと思わなければ……と、考えてまいは、なんだか不思議な気がした。

「おばあちゃんは、どうして日本に来たの？」

おばあちゃんは、煙草の煙をすーっと吐くと、

「明治時代の始まりのころに、おばあちゃんのおじいさん、まいにとっては曾々祖父に当たりますか、その人が日本を旅行したのです。そして、日本人の礼儀正しさや優しさ、毅然としたところ、正直さに大変感銘を受けて英国に帰りました。わたしは、小さいころから、祖父に日本のことばかり聞かされて育ちましたから、まるで未来の恋人のことを思うように、日本のことを思うようになったのです」

おばあちゃんは、そのころのことを思いだしているかのように、窓の外、遠くを見つめていた。

「大きくなって、ある教会活動に従事していたとき、そこで、日本へ英語教師として赴任する人を募集していると知り、迷わず応募しました」

「みんな、反対しなかったの？」

「祖父の影響もあって、みんな日本びいきでしたから。でも、そのときは、まさかわたしが、こんなに長く日本にいることになるとは、だれも思わなかったでしょうね。伯母以外はね」

「それから一度も帰らなかったの？」

「新婚旅行で一度、それと父と母が死んだときに帰りましたよ」

「結婚、反対されなかった？」

「大喜びってわけではありませんでしたね。最初はね。不安だったんでしょうね。でも、伯母が、私が日本人と結婚することは大昔から決まっていたことだ、と味方になってくれましたし、おじいちゃんに会うと、みんな彼が好きになりましたから。問題はありませんでしたね。祖父が言っていたとおりの日本人でしたからね、彼は」

「じゃあ、おばあちゃんは小さいときからずっとおじいちゃんに恋していたようなものね」

「ふふふ、そうかもしれませんね。人の運命っていろんな伏線で織りなされていくものなんでしょうね」

バタンと二階の戸を閉める音がして、一段、一段、階段をきしませながら、ママが降りてきた。

「ずいぶんゆっくりしてきたのね」

おばあちゃんがママに優しく声をかけた。

「ええ」

ママはため息をつきながらテーブルについた。

「まいが棚や机の引き出しを使えるように、置いてあったものを段ボールに詰めてきたんだけど……」

「ひとつひとつ、懐かしかったのね」

「そう。最後にガムテープで止めたとき、私の人生の一部がここに封印されたような気がしたわ」

まいは、そのときのママの気持ちが何だかわかるような気がした。まいはまだ、生まれてから十三年しか経っていなかったのだけれど。

その日、ママはまいと一緒に屋根裏で寝て、次の日の朝、まだ暗いうちに帰っていった。

まいは、ベッドの中でママが下に降りていく気配を感じていたが、声はかけなかった。

夢うつつだったのと、ここで声を交わすとどうしても「さようなら」とか「元気でやるのよ」、「気をつけてね」などという言葉が飛び交って、寂しさを倍加させる事態になりそうだったからだ。それで、ママの車が出ていく音をかすかに聞きながら、自分を追い込むようにして、また眠りの世界へ入ってしまった。

もう一度目が覚めたとき、やはりママの姿がなかったので、突然またあのホームシックに襲われた。

今回のはきっかけが明らかなので、わけもわからず襲われるよりは、まだましだ。しかし、その原始的、暴力的威力は同じで、心臓をギューとわしづかみされているような、エレベーターでどこまでも落ちていくような痛みを伴う孤独感を感じる。そういうときは、ただひたすらそれが通り過ぎていくのを待つしかないのだ。

それでその朝も、その泣くに泣けない孤独感をやり過ごしながら、台所に降りていった。大人になったら、これがどこから来て、何でわたしにとりつくのか解明したいものだと思いながら。

おばあちゃんは、まいの顔を見るとにやりとして、

「おはよう」

と言い、パンをトースターに入れた。まいも、おはよう、と返し、

「ママはずいぶん早く帰ったんだ」

ポツンと呟いた。

「そうね。もう着いているでしょう。朝は車も少ないから。電話してみますか」

まいは首を横に振った。まだなんとか耐えられる。ママに電話するのは最後の切り札にとっておこう。それにほら、おばあちゃんがわたしのマグを持ってきてくれた。これでちょっとは元気が出るはず。

まいは、おばあちゃんの入れてくれた紅茶を両手でマグを包むようにして飲むと、皿に料理した卵を移しているおばあちゃんを、ちらりと盗み見た。目が合った。おばあちゃんはまたにやりとした。

まいはドキッとして慌てて目をそらした。このホームシックまで全部見透されているようだった。そしてすぐ、おばあちゃんが気を悪くしなかったかと心配になった。すると、おばあちゃんが突然言い出したので、まいはびっくりした。

「今日は裏山で働いてみましょう」

「何をするの」

おばあちゃんはトーストと卵の皿を運び、

「行ってみたらわかりますよ。これを食べたら、まず、ひとりで裏を散歩してみたら」

まいは、食欲は全然なかったのだけれど、おばあちゃんの気を悪くしたくなかったのでがんばって全部食べた。そして外を散歩する気分でもなかったのだけれど、せっかくおばあちゃんが言ってくれているのだから、と自分に言い聞かせて重い足取りで外に出てみた。

まいの気分とは裏腹に、外はとてもいい天気だった。朝のすがすがしい空気が、陽の光できらきらしていた。裏庭の右手の方から奥に延びている小道を行くと、すぐに鶏小屋があり、それから櫟《くぬぎ》や樫、榛《はしばみ》の木や栗の木などの点在する陽当たりのいい雑木林に出る。そこまでぼんやりと歩いてきて、まいは思わず、あ、と小さく声をあげた。木のまばらなその林の床一面、真っ赤なルビーのような野いちごの群生で覆われていたのだ。

「うわあ、すごい」

と呟きながら、まいはそれを踏まないように気をつけて歩いた。何だか本当に宝石のようだった。みずみずしく柔らかな、傷つきやすい宝石。まいは足元に神経を集中させて、苦労しながら木立ちを抜けた。

そこは見晴らしのいい丘になっていた。さすがに野いちごの波はここまでは届いておらず、かやつり草などが混じった行儀芝《ぎょうぎしば》が今度はその丘を覆っていた。あたりはもう、初夏の草いきれの匂いさえしていた。

まいはそこに座り、遠くの薄青に輝く山を見つめた。風がすぐ下の栗の木の若葉をそよがせてゆき、遠くでホトトギスが「テッペンカケタカ」と、山々にこだまさせていた。

何だか、ついこの間まで、あの狭い教室の重く煮詰まったような人間関係に身動きもとれないような気がしていたのが嘘のようだ。

まいは思いきり深呼吸してから、

「エスケープ」

と、小さく声に出して言ってみた。

そうだ、これはエスケープだ、わたしは、またいつかあの世界に戻っていかなければならないのだ、と、まいは知っていた。泣きたいような気持ちだった。ああ、でも、とりあえずここは、なんて気持ちがいいんだろう……。

「まーい」

後ろで呼ぶ声がして、振り向くとおばあちゃんがバケツを両手に提げて立っていた。

「さあ、摘みましょう」

すぐにそれが野いちごのことだとわかった。

「これ、すごいね、おばあちゃん」

まいは目を丸くさせながら立ち上がり、おばあちゃんの方へ歩いた。

「ジャムをつくるんです。さあ、がんばって摘んでしまいましょう」

「わかった」

まいはおばあちゃんと並んで、しゃがんで摘み始めた。おばあちゃんはバケツを重ねて三つも持ってきていた。まいはまさかと思ったけれども、結局最後には、三つとも満杯になった。

おばあちゃんは手を動かしながら、亡くなったおじいちゃんは普通のストロベリージャムよりもむしろこのワイルドストロベリージャムのほうが好きだった話や（おばあちゃんは特に「ワイルド」のところに力を入れたものだ）、おじいちゃんが本当に自然を愛していたこと、特に鉱物が大好きだった話をした。

まいは聞きながら、おばあちゃんはおじいちゃんを失ってからどんなにつらかっただろうと思った。でも、それが本当にはどういうことなのか、少しもわかっていなかったんだ、と、ずっと後になって思ったのだった。

赤い野いちごの緑の茎には、ひっきりなしに黒い蟻が登ったり降りたりしている。その実を口に入れると日向臭《ひなた》い甘味があって、ブチブチと何か舌に触る。

「まいのおかあさんは、木いちごのほうが好きでしたよ。そっちは、もう一ヶ月ほど待たねばなりませんけど」

「おかあさんも、こうやって手伝ったの」

おばあちゃんは首を振って、

「あのころは、ここにはこんなに野いちごはありませんでした。おじいちゃんが亡くなった次の年からでしたよ。こんなに増えたのは」

「ふーん」

まいはその年のことを想像しようとした。おばあちゃんが、さっきのまいのように、初めてこの一面のルビーの絨毯を目にしたときの感激を。

「まるでおじいちゃんからのプレゼントのようだね」

「本当にそうなのです、なぜなら……」

おばあちゃんは意外なほど真面目な声で言った。

「その日は私の誕生日でしたから。私には、その意味がすぐわかりました。おじいちゃんは、それまで毎年私の誕生日を忘れたことはありませんでしたから」

まいは何と言っていいのかわからなかったが、とりあえず、

「おばあちゃん、うれしかったでしょう」

と言った。おばあちゃんはにっこりして、

「うれしくて、うれしくて、ここにうずくまって泣きました」

まいは、そのときのおばあちゃんの姿が急に目の前に現れたような気がして、慌てて瞬きした。

まいとおばあちゃんは、午前中のほとんどを費やして摘んでしまい、台所ドアの前までバケツを運んだ。台所ドアの前には、かまどが二つあり、外で大鍋で何かグツグツ煮るときに使う。おばあちゃんはかまどの横の水道で、野いちごを丁寧に一つ一つ中を調べて洗い、ざるにあげた。まいも手伝った。そうしないと、蟻が入っていることがあるのだ。

やっとのことでバケツ三つ分洗い終わると、おばあちゃんは台所からひと抱えもある大鍋を二つ持ってきて、水道でざっと洗い、そこにそのまま置いておいた。

それから、家の壁の庇の下に簡単につくってある薪小屋から、薪や杉の葉をひと抱え運んできた。そしてかまどの前にしゃがみこみ、よく枯れた杉の葉をまず敷いて、次に小枝、細めの薪、と置いていくと、エプロンのポケットからマッチを取り出して杉の葉に火を点けた。杉の葉はあっという間に燃え出し、パチパチと音を立てた。炎は小枝に移り、薪をくるんだ。

完全に薪が燃え始めたと見ると、おばあちゃんは、今度は太めの薪をその上に置き、立ち上がって、まいに鍋を持ってこさせ、かまどの上に置くように言った。鍋に残っていた水が、しゅんしゅんと消えていった。片方の鍋にはバケツで汲んできた水が、もう一方にはバケツ一杯と半分の野いちごが入れられた。

「まい、台所の配膳台の下に砂糖の袋がありますから四つ持ってきて下さい」

まいは、言われたとおり、台所へ行って砂糖の袋を一度に四つ運んできた。

おばあちゃんは、またにやりと笑って、

「まいは案外力持ちですね」

と言った。

それを聞いてまいは、ああ、やっぱり重かったんだと再確認し、褒められたようで少しうれしかった。

おばあちゃんは袋を二つ分、野いちごの鍋に空けた。

「そんなにお砂糖いっぱい入れると、身体によくないんじゃないの？」

まいは不安になって尋ねた。ママはいつも、砂糖の摂り過ぎは身体によくないと言っている。

「だいじょうぶです。ジャムなんて一度にいっぱい食べないでしょう。それにうんと甘いほうが、長いこと保存できるんです。さあ、まいはこれでゆっくりかき回して」

おばあちゃんは事もなげにそう言うと、まいに木じゃくしを渡した。そしてあらかじめ出してあった段ボールから次々にいろいろな形や大きさのガラス瓶を取り出し、ふたを開けては煮立ってきた鍋の湯の中にそろりと入れた。そうやって、しばらくぐつぐつ煮た後で、長い菜箸と厚手の鍋つかみを上手に使って順番にすくい上げ、大きな竹ざるに並べて乾かした。

ガラス瓶は冷えると同時に、気持ちのいいほどあっという間に乾いていった。ジャムのほうは、だんだん白いあくがわいてきて、おばあちゃんはそれを丁寧にすくって捨てるように言った。そして、かまどの風通し穴を小さくして、火があまり強く燃えないように調節した。

まいがそうやって、あくをすくってはかき回し、すくってはかき回している間に、おばあちゃんは空いたほうのお鍋に残りの野いちごと砂糖を入れ、同じように混ぜ始めた。

「まいはとっても上手ですね」

混ぜながらおばあちゃんは褒めてくれた。

遠くでこじゅけいが「チョットコーイ」と鳴き始めた。

ジャムの匂いにひかれてか、蠅もずいぶん集まってきたけれど、さわやかな乾いた風が時折吹き抜けるので、あまり気にならなかった。まいのお鍋のジャムはそろそろ糸を引き始めた。

「まい、こちらと交代して下さい」

おばあちゃんは木じゃくしをまいに渡すと、おたまを手に取ってお鍋の中を二、三回ぐるぐる回し、ジャムをすくって次々にガラス瓶に入れ始めた。そうやってできたたくさんの瓶詰のジャムは、日常使うほか、棚の奥にしまわれておばあちゃんが人を訪問するときの手土産になったり、まいたちが遊びにきたときのプレゼントになったりするのだ。

ようやく全部の瓶にジャムが詰められ、まだ熱いうちにきっちりふたも締められた。

「今年はまいが手伝ってくれたので、本当に助かりました」

薄く切ったかりかりのトーストにバターを塗り、できたてのジャムをスプーンですくって載せ、ねぎらうように、まいにそれを渡しながら、おばあちゃんが言った。

まいは本当はとてもうれしかったのだけれど、できるだけさりげなく言った。

「来年も、その次も、ずーっと手伝いにくるよ、おばあちゃん」

おばあちゃんはうれしそうに笑って、何も言わなかった。

まいとおばあちゃんのつくったジャムは、黒にも近い、深い深い、透き通った紅《あか》だった。嘗めると甘酸っぱい、裏の林の草木の味がした。

その日は夕食まで部屋の整理をして過ごした。夕食はカレーライスだった。たぶん、おばあちゃんはわたしのためにわざわざつくってくれたんだろうな、とまいは思った。

後片づけを済ますと、おばあちゃんは今日つくったばかりのジャム瓶のいっぱい入った段ボールを抱え、まいは紙やはさみの入った箱を持ってリビングルームに移った。

そこで、テレビを見ながら、日付やジャムの名前を書いたラベル張りをした。おばあちゃんのラベルは、長方形の何の変哲もない紙に黒いペンで書いただけのシンプルなものだったけれど、まいのは長方形の四角《よすみ》を落として長い八角形にしたり、色鉛筆を何本も使って縁取ったりした美しいものになった。

「まいはセンスがありますね。これなんか本当にきれいね。組み合わせる色の配色もよく計算されているのね」

そう言ってまいの頭をなでながら、

「感性の豊かな私の自慢の孫」

と、独り言のように呟いたので、まいは大いに照れてしまった。おばあちゃんにはそういう、誰はばかることなく身内をほめるところがあった。そして自分がそれを誇りにしていると、まるで植物に水を遣るかのように、さりげなく伝えるところも。

ラベル張りを終えると、まいはそのままテレビを見続け、おばあちゃんは裁縫箱を持ってきて、縫い物を始めた。

そのうちテレビもおもしろくなくなってきたので、おばあちゃんのそばへ行き、何を縫っているのか聞いた。

「だれかさんのエプロンですよ。庭仕事用と台所用と」

それを聞いて、まいは、思わずおばあちゃんの手にしているものを、もう一度見直した。古い水色の服が、裾から三十センチくらいのところで裁断されてある。おばあちゃんは、今その袖口にゴムを入れて縫い縮めているところだ。

「これは、まいのママのナイトウェアだったんです。上の部分はまいの庭仕事用のスモックにしてあげましょうね。裾のほうで、水はね防止用のかわいいエプロンが三つもとれますよ」

まいは、反射的に、

「ふーん」

と言ったが、だんだん胸の中で暖かいものが広がってきて、

「おばあちゃん、大好き」

といつものように早口で呟いて、おばあちゃんの背中に頭をすりつけた。おばあちゃんも、

「アイ・ノウ」

と微笑んで返した。それから、手を動かしながら、何げなく、

「まいは、魔女って知っていますか」

と訊いた。

「魔女？　黒い服を着て、箒《ほうき》に乗ったりする魔法使いのこと？」

「そうです。まあ、実際には箒に乗ったりすることはほとんどなかったでしょうけれどね」

「え？　魔女って本当にいたの？　テレビや、マンガや、物語だけのお話じゃないの？」

「そうねえ、まいの思っているような魔女とは、ちょっと違うかもしれませんけれど、本当にいたんですよ」

　まいは思ってもいない話の展開に、今までまどろんでいた頭が急に覚醒していくような感じを覚えた。

「どんなふうに違っていたの？　ねえ、おばあちゃん」

「そうねえ、まいは病気になったらどうします？」

「病院に行くよ」

「明日の天気が知りたかったら？」

「天気予報を聞く」

「そうね、でも、ずーっと昔、病院もなくて、気象庁もテレビもラジオも新聞もなかったころ、キリスト教すらなかったころは、どうしていたと思います？」

「キリスト教って、えーっと、それ、紀元前ってこと？」

「そうです、そのころだって人はたくさんいましたからね。今ほどじゃありませんけれど、もちろん。そのころ、人々は皆、先祖から語り伝えられてきた知恵や知識を頼りに生活していたんです。身体《からだ》を癒す草木に対する知識や、荒々しい自然と共存する知恵。予想される困難をかわしたり、耐え抜く力。そういうものを、昔の人は今の時代の人々よりはるかに豊富に持っていたんですね。でも、その中でもとりわけそういう知識に詳しい人たちが出てきました。人々はそういう人たちのところへ、医者を頼る患者のように、教祖の元へ集う信者のように、師の元へ教わりに行く生徒のように、訪ねて行ったのです。そのうちに、そういうある特殊な人たちの持っているものは、親から子へ、子から孫へ自然と伝えられるようになりました。知恵や知識だけでなく、ある特殊な能力もね」

「それはつまり……」

まいは、頭の中を整理しながら言った。

「超能力？　超能力が、遺伝するってこと？」

おばあちゃんは、針を動かす手を止めて、近くの煙草と灰皿を引き寄せた。そして、ポケットからマッチを取り出して火を点け、ふうっと一服すると、

「そういうと、何かとてつもないもののように聞こえますけれど、多かれ少なかれ人には
そういう力があるんですよ。でも、人より多くそういう力のある人はいますね。人より上手に歌が歌えたり、計算が早くできたりする人がいるようにね。わたしの祖母がそうでしたよ」

「歌がうまかったの？」

おばあちゃんは笑いながら、

「そう、歌も上手でしたね。でも、もっと彼女に際立っていたのは、予知能力、透視、とでもいうのでしょうか、そういう能力でした」

まいは、息をのんでおばあちゃんの次の言葉を待った。

「わたしの祖父が日本に来たことがあったのは、まいも知っていますね。そのころ、祖母

はまだ十九歳の若い娘で祖父とは婚約中でした。ある日の午後、彼女が結婚に備えて何枚もの布巾を縫っていると、突然目の前に夜の海が広がって……」

「ええー？」

驚いて目を丸くするまいを、おばあちゃんはにやりと笑って制した。

「その中を祖父がたった一人で泳いでいるのが見えたのです。彼女は、彼が泳いでいる方角は間違っていると直感し、思わず、右へ、と叫びました。その瞬間海も祖父も消え、彼女の手には縫いかけの布巾が戻り、今のはまた白昼夢だったのだと悟ったのです。彼女にはそれが初めての経験ではありませんでしたから」

「そういうことがよくあったの？」

「ええ。彼女にはね。ちょうどそのころ、横浜から神戸に向かう途中の船で、眠れぬ夜を過ごしていた祖父は、甲板に出て夜風にあたっていました。そして、ふとしたはずみで、なんとまあ、海に落ちてしまったんです」

おばあちゃんは肩をすくめてささやくように言った。

「この世でいちばん起こってほしくないことの一つですよね。夜の海に落ちるなんて」

「それで、それでどうなったの？」

「不幸なことに、だれも祖父が落ちたことに気づかず、船はそのまま行ってしまいました」

「きゃー」

まいは悲鳴をあげて、両手で拳をつくり口のところにあてた。

「それで、それで？」

「しかたなく、船の行ってしまった方向へ向かって泳ぎ始めました。しばらくして彼は本当に惨めで孤独で心細く、泣きたくなりました。そして、このまま死んでしまったら、たぶん彼の婚約者には彼に何が起こったのか、一生わからないままだろうと思いました。彼はたまらなくなって、祖母の名前を呼びました。そのときです。突然祖母の懐かしい声があたりに力強く響いたのです。右へ、と」

まいはぞくっとして、思わず背筋をピンと伸ばした。

「彼は迷わず右へ向かって泳ぎだしました。もう寂しくも心細くもありませんでした。それから彼は砂浜に上陸でき、漁師小屋で震えているところを朝になって発見されました。そして、もしあそこで方向を変えなかったら、彼は今ごろ大渦巻きにのまれていただろうと聞かされました」

「ひゃー怖ーい」

「祖父は旅の途中で、祖母にその不思議な体験を書き送りました。祖母はその返事に、祖父が助かった喜びとねぎらいのほか、何も述べませんでした」

「どうして？　あなたを助けたのはわたしなのよって、言ったらよかったのに」

「そういう時代だったのです。あまりにも長い間、祖母の持っていたような力は忌み嫌われてきたのです。ある秩序の支配している社会では、その秩序の枠にはまらない力は排斥される運命にあったのです。祖母の時代ではあるいは排斥されないまでも、普通の幸せは望めなかったでしょうね」

「そうなのかなあ。今ならテレビスターになれるのにね」

おばあちゃんは力なく笑った。

「まいはそれが幸せだと思いますか。人の注目を集めることは、その人を幸福にするでしょうか」

まいは考え込んでしまった。まいたちの世代にとっては、テレビスターになるということはつまり成功を意味していた。成功ということは幸せだということではないの？　でも、ああいうふうに毎日人から注目されたり騒がれたりしていたら大変かもしれない。

「よくわかんないよ」

「そうね、何が幸せかっていうことは、その人によって違いますから。まいも、何がまいを幸せにするのか、探していかなければなりませんね」

まいはまだ考え続けながら言った。

「でも、人から注目を浴びることは、一目置かれることでしょ。そしたら邪険な扱いを受けたりいじめられたり……無視されることはないわけでしょう？」

「いじめられたり無視されたりするのも、注目されているってことですよ」

おばあちゃんは、まいの頬をなでながら優しく言った。

「あ！」

まいは、突然すっとんきょうな声を出した。

「もしかして、うちは、だから、そういう家系なの？」

「大正解」

おばあちゃんはにやりとした。

「でも今日はここまでにしましょう。夜もだいぶ更けてきました」

その夜、ベッドの中で、まいはそういう不思議な事件が自分の身の回りに起こったことがあっただろうかと、あれこれ思い返してみた。そして、どう考えてもわたしにはそういう力はない、という結論に達して、半分安心し、半分残念に思いながら眠りについた。


夢を見た。

真っ暗な、星一つない空と境目のない海。漆黒のビロードのようにまとわりつく海水。自分のたてる波音だけがあたりに響く。

まいは寂しかっただろうか。いや、そんなことすら考え及ばないで、ただ、ひたすら泳いでいた。ひとりきりだった。

そのとき、ある声が自分の内と外から同時に響いた。

「西へ」


次の日、まいが目を覚ますと、もうおばあちゃんは庭で草木に水をやっていた。昨日と同じように雲一つないいい天気だった。まいはパジャマのままで庭に出た。

「おばあちゃん、おはよう」

「おはよう、まい」

おばあちゃんは、水道の水を止めて、エプロンで手を拭きながら、

「まいは植物の名前をどれくらい知っているかしら?」

と、いたずらっぽく笑いながら訊いた。

まいは唇に手をあてて考えながら、

「おばあちゃんが前にいくつか教えてくれたでしょう、これが金木犀で、これがバラ。ま

ん中の大きな木が樫の木でしょう、秋にどんぐりがいっぱい落ちる……」

「そうです。よく覚えていましたね。ではこれは何だかわかりますか？」

おばあちゃんはバラの繁みの間に勢いよく伸びている水仙のような葉っぱの群れを指した。

「水仙かなあ。違う？」

おばあちゃんはにやりとしたまま黙って首を横に振った。

「わかんないなあ、何なの、おばあちゃん」

「まいのよく知っているものですよ。に・ん・に・く」

「え？　あの臭いにんにく？　どこになるの？」

「ほほ、にんにくは球根のように地面を掘って収穫するんです。こうして、バラの間に植えておけば、バラに虫がつきにくくなるし、香りもよくなるんです。さあ、着替えていらっしゃい、朝ご飯にしましょうね。今日はお味噌汁とご飯ですよ」

「はーい」

まいは、こういうことを教わるのがうれしかった。夕べおばあちゃんの言っていた不思議な話の一部のような気がして。

朝食が済むと、鶏小屋の戸が開けられて、鶏たちが外に出てくる。雄鶏《おんどり》が一羽と雌鶏《めんどり》が三羽いる。雄鶏はいかにも尊大な様子で頭を高く上げ、周囲を睥睨しながら他の雌鶏を従えて出てくる。まいたちが毎朝食べているのはこの鶏たちの卵だ。

今日も天気がいいので、雄鶏は機嫌よく日光浴をしながら、羽をバタバタッとさせ、コケコッコーと鳴いた。そして、足で庭土を後ろに蹴りながら、せわしなく頭を上下させてミミズや虫を探している。他の雌鶏たちもそれに倣って、思い思いにあちらこちらつついている。雌鶏のうちの一羽がミミズなりオケラなり見つけると、すかさずやってきて横取りするのはいつもこの雄鶏だ。

まいはこの雄鶏をこっけいに思うと同時に、そういう場面に出くわすと、いつも腹が立って雌鶏たちの仕返しをしてやりたくてたまらなくなる。けれど、以前に箒の柄でつついて、逆上した雄鶏に飛びかかってこられたことがあるので、それからは用心してあまり近づかないことにしていた。

以来、まいと雄鶏はお互いに何となく意識しあって、（雄鶏がどう思っているのかは誰にもわからないのだが、雄鶏もしょっちゅうまいの方をちらちらと見るのは事実である）ぎくしゃくしている。

まいは雄鶏の視線を感じつつ鶏たちの横を通り、野いちごのあった林を抜けて、丘の上まで出た。そして、思いきり深呼吸した。五月の新緑の匂いが胸いっぱいに充満した。

丘から下の方へ向かって斜めに細い道が延びていた。イタドリやギシギシ、蓬などで道の半分以上が覆われているが、昔おばあちゃんに連れられて降りていったことがあった。まいは、そのときのことを思い出して何となくその道へ降りた。あのときはどこに行ったのだったか……よく覚えていないけれど、何か不思議なものを見たような思い出がある。

五メートルほど降りていったところに、回りを木に囲まれた陽当たりのいい場所があった。そこから左に竹林、右に杉林が始まっており、道は更に杉林の奥まで続いていた。

その目の前の陽当たりのいい場所は、ほの暗く湿った竹林や杉林の間に、ぽっかりと天に向かって開いたような所で、まいの記憶にある場所とは違っていたけれど、まいは何だか妙にその場所が気に入った。

古い切り株が幾つもあり、それぞれの窪みに、花をつけたあとのすみれが幾株も、弾けんばかりの莢《さや》をつけて収まっていた。このすみれが全部花をつけている様を想像して、まいはうれしくなり、そしてそれを見逃したことを残念に思った。

切り株の一つに腰をかけると、気持ちがしんと落ち着いてきて、穏やかな平和な気分に満たされる。

若い楠や栗の木、樺の木などが回りをぐるりと囲んでおり、まいはそこに座っていると、何かとても大事な、暖かな、ふわふわとしたかわいらしいものが、そのあたりに隠れているような気がした。小さな小鳥の胸毛を織り込んで編まれた、居心地のいい小さな小さな巣のようなもの。

「わたしはここが大好きだ」

まいはだれにともなく呟いた。

昨日と同じようにホトトギスが鳴き始め、さわやかな風が吹き抜けた。まいは、おばあちゃんが昨夜話してくれたことを、もう一度ゆっくり自分の言葉で考えようとした。

――もしそれが本当なら、(たぶん本当なんだろう。おばあちゃんが嘘をつくなんて考えられない。しかもこんな荒唐無稽の。)わたしにだって魔女の血が流れていることになる。ということはわたしにもこれから先、超能力が出てくるかもしれないってことだ。ちょっと怖いような気がするけれど、もし、そうなったら、もう学校のことでこんなにつらい思いをしなくてもすむんじゃないだろうか。すいすいと、まるで水の中を泳ぐ魚のように様々な障害を避けながら、スムーズに生きていけるようになるんじゃないかしら。

まいはそう思い立つと何だかうきうきとして、目の前が明るくなっていくような気がした。

その日の夕食のあと、リビングで縫いものを始めたおばあちゃんに、まいは思い切って訊いてみた。

「おばあちゃん、わたしもがんばったら、その、超能力が持てるようになるかしら」

思いがけない言葉を聞いたように、おばあちゃんはまじまじとまいを見つめた。まいは何だか自分がひどく軽薄なことを言ったような気がして思わず赤くなった。

「そうね、まいは生まれつきそういう力があるわけではないので、相当努力しなければなりませんよ」

おばあちゃんは何か考えながら、ゆっくりと言葉を選んで言った。

「わたし、がんばる」

まいは、破れかぶれのひたむきさで応じた。

「だから、教えて、おばあちゃん。どんな努力をしたらいいの？」

「よろしい」

おばあちゃんはわざと真面目くさって応えた。

「それではまず、基礎トレーニングをしなければ」

「基礎トレーニング？」

「そうです。超能力というのは要するに、精神世界の産物ですから、これを統御するには精神力が必要です。スポーツをやるときに、例えば水泳の選手でも陸上トレーニングをしたり、バレーボールや野球の選手でも、直接競技には関係のない、腕立て伏せや柔軟体操などをしますね。なぜ？」

「体力をつけるためでしょう」

「そう。スポーツをするのに体力が必要なように、魔法や奇跡を起こすのにも精神力が必要です。腕の力が全くなくては、ラケットやバットは振れないでしょう」

「じゃあ、おばあちゃんは精神力をつけるために基礎トレーニングが必要だっていうのね」

「そうです」

まいは何だかいやな予感がしてきた。

「精神力って、根性みたいなもの？」

自分には根性という言葉で総称されるような、いわゆる持久力のたぐいが徹底的に欠けていると、まいは常日頃からひそかに認めていた。もし、魔女になるのに根性がいるというのだったら、まいはゼロからのスタートどころかマイナスからのスタートになる。見通しはずいぶん暗い。

「根性という言葉は、やみくもにがんばるっていう感じがしますね。おばあちゃんの言う精神力っていうのは、正しい方向をきちんとキャッチするアンテナをしっかりと立てて、身体と心がそれをしっかり受け止めるっていう感じですね」

「ふうん」

まいはわかったようなわからないような変な気持ちだった。

「座禅を組んだり、瞑想したりするの？」

おばあちゃんは、またにやっとして、

「それはまだちょっと早いですね。いきなりバットを振って肩を脱臼するようなものです」

まいはがっかりした。座禅も瞑想もまだ早いのだったら、超能力で未来を予知したり、呪文を唱えて何かに変身するなんてことは、もう気が遠くなるくらい先のことではないか。

「いいですか、まい」

おばあちゃんはわざと冗談めかし、声をひそめて言った。

「この世には、悪魔がうようよしています。瞑想などで意識が朦朧となった、しかも精神力の弱い人間を乗っ取ろうと、いつでも目を光らせているのですよ」

半分冗談だと思いながらも、まいは背筋がゾクッとした。

「おばあちゃん、悪魔って本当にいるの？」

と、おそるおそる訊いた。きっと否定してくれるものと思いながら。

でもおばあちゃんからの答えは簡単明瞭だった。

「います」

まいは息をのんだ。

おばあちゃんはまたにやりとして、

「でも、精神さえ鍛えれば大丈夫」

「どうやって鍛えるの？」

まいは畳みかけるように熱心に訊いた。

「そうね。まず、早寝早起き。食事をしっかりとり、よく運動し、規則正しい生活をする」

この返事を聞いたときのまいの気落ちを想像していただけるだろうか。まいはしばらく黙っていたが、やがて深いため息をついた。

「わたし、そんなのすっごく苦手。夜は遅くまで本を読んでいるし、休みの日にはお昼過ぎまで寝ていることもある。体育も見学していることのほうが多いくらいだし、ご飯も食べたり食べなかったり……でも今おばあちゃんが言ったことは『体力を養う』ことで、『精神を鍛える』ことではないんじゃないの？」

おばあちゃんはうなずいた。

「不思議ね。最初はほとんどおんなじなのね」

まいは更に食い下がった。

「おばあちゃんの言うとおり、悪魔が本当にいるとして、そんな簡単なことで、悪魔が本当に防げるの？」

「本当に、大丈夫。悪魔を防ぐためにも、魔女になるためにも、いちばん大切なのは、意志の力。自分で決める力、自分で決めたことをやり遂げる力です。その力が強くなれば、悪魔もそう簡単にはとりつきませんよ。まいは、そんな簡単なことっていいますけれど、そういう簡単なことが、まいにとってはいちばん難しいことではないかしら」

まったくそのとおりなので、まいは唇をとがらせて、不承不承うなずいた。

おばあちゃんは微笑んだ。

「まいにとっていちばん価値のあるもの、欲しいものは、いちばん難しい試練を乗り越えないと得られないものかもしれませんよ。まあ、だまされたと思って」

まいも、このころにはもう覚悟ができてきた。

「わかった。やってみる……ことにする」

おばあちゃんはうれしそうににっこりと笑った。

「よく言いました。偉いね、まい。じゃあ、自分で朝起きる時間から寝る時間まで決めてごらんなさい。そして、それをきちんと紙に書いて壁に張って」

「おばあちゃんはいつも何時に起きるの？」

「六時です」

「六時は絶対無理。じゃあ七時にするわ」

「それだと、ちょうど一緒に朝ご飯が食べられますね」

おばあちゃんは励ますように言った。

「睡眠時間を八時間とるとすると……十一時には眠らないといけない……でも、きっとわたし、眠れないわ。寝つきがひどく、ひどく悪いの」

「まあ、眠れなくても、七時には起きましょう。まいはいつもは何時に寝るの？」

「二時か、三時かな」

おばあちゃんは目を丸くしたが、そのことについては何も言わなかった。

「あと、身体《からだ》と頭のために何かしましょう」

「わたし、運動は苦手なんだけど……」

「掃除と洗濯。やったことある？」

「毎日じゃないけど、ある」

「午前中はそういう家事エクササイズに当てましょう。午後はまいが自由に時間割を組んで、頭のために空けましょう。学校の勉強でも、読書でも何でもいいのよ」

まいの目がぱっと、輝いた。

「じゃあ、それ、今夜じゅうに考えるわ」

「十一時までにね」

おばあちゃんが念を押した。

「ねえ、おばあちゃん。意志の力って、後から強くできるものなの？　生まれつき決まっているんじゃないの？」

まいは聞いてみた。

「ありがたいことに、生まれつき意志の力が弱くても、少しずつ強くなれますよ。少しずつ、長い時間をかけて、だんだんに強くしていけばね。生まれつき、体力のあまりない人でも、そうやって体力をつけていくようにね。最初は何にも変わらないように思います。そしてだんだんに疑いの心や、怠け心、あきらめ、投げやりな気持ちが出てきます。それに打ち勝って、ただ黙々と続けるのです。そうして、もう永久に何も変わらないんじゃないかと思われるころ、ようやく、以前の自分とは違う自分を発見するような出来事が起こるでしょう。そしてまた、地道な努力を続ける、退屈な日々の連続で、また、ある日突然、今までの自分とは更に違う自分を見ることになる、それの繰り返しです」

おばあちゃんはゆっくりと続けた。

「ただ、体力をつけたり、他の能力をつけたりするのと違って、意志の力をつけることの難しいのは、それに挑戦するのが意志の力の弱い人の場合が多いので、挫折しやすいということですね」

なるほど、と、まいは心の中で呟いた。

「さあ、もう部屋に戻って明日からのプランを練りましょう」

まいがリビングから出ようとしたとき、おばあちゃんは何げなく付け足した。

「私は、まいの意志の力が弱いと思ったことはありませんよ」

まいは驚いておばあちゃんの顔を見た。おばあちゃんは笑っていた。

「わたしは弱いと思う」

まいは力なく言うと、自分の部屋へ戻った。そして、ベッドの中に紙とペンを持ち込んで、午後の時間割を考えた。

まいは数学や理科が苦手だ。だからこれらには十分時間を割く必要があると考えた。国語や英語は好きだ。だからこれらにも十分時間をとりたいと考えた。

いろいろ考えた末、文系と理系の教科を一つずつ合わせて一単位とし、午後は二単位することにした。例えば国語と数学、少し休んで、英語と理科をやる、というふうに。国語は、ママの昔の本棚に並んでいる本の中から好きな本を読むことにし、英語はおばあちゃんに教えてもらうことにした。

「よーし、決めた」

時計を見ると十時半だった。階段をギーギーいわせて、おばあちゃんが登って来る音がした。

「まい？」

ドアを小さくノックしながら、おばあちゃんが小声でささやいた。

「はい、どうぞ」

おばあちゃんはそうっと入ってきて、まいの枕の上の方のベッドの柱に何か吊り下げた。

平和な台所の香りがした。

「何、これ」

「ゆっくり眠れるおまじないですよ。ナイ、ナイ、スウィーティ」

「ありがと。おやすみ、おばあちゃん」

おばあちゃんは軽く手を振りながら出ていった。

見ると吊り下げてあるものは、ネットに入ったたまねぎだった。

それからまもなく、まいは暗示にかかったようにぐっすりとよく眠った。まだ十一時になっていなかった。

次の日、まいは六時に目を覚ましたが、まだ早いと思いまた眠り込んだ。そして、おばあちゃんがドアをノックする音で気がついた。

「まい、七時ですよ」

「はーい」

パジャマのまま慌てて下に降りていくと、

「さあ、まい、着替えて卵をとってきて下さい」

と言われたので、またもう一度屋根裏に戻って、Tシャツとショートパンツに着替えた。

そしておばあちゃんからボウルを受け取ると、外に出て鶏小屋へ向かった。

卵をとりにいくのはこれが初めてではない。以前にも泊まりにきて、朝ママと二人でとったことがある。まだ温かい、糞と羽毛のちょっぴりついた生みたての卵。本当のことを言うと、まいはこんな生みたての卵を食べるのは気持ち悪かった。親鶏の、「何をするんだ」と言わんばかりに騒ぎ立てる声も後ろめたさをかきたてた。でもそのことをそのままおばあちゃんに言うには、まだまいには遠慮があった。

「本当に扱いにくい子だよ」

まいは、前にママが電話で言っていた言葉を無意識に口にしていた。

今日もいい天気だ。まだひんやりと夜露を含んだような空気を、朝の日差しがどんどん日中の空気に造り変えていく。

鶏小屋の横にある飼料袋から餌をすくって餌箱に入れ、鶏たちが餌箱に集まった隙に、まいは小屋の前に置いてある、料理で使うおたまの柄に細く長い棒をくくりつけたものを取って細めに戸を開け、鶏たちを刺激しないようにそろそろとそれを差し込んでいき、巣の中にある卵をまず一つ取った。

あの雄鶏が餌をついばみながら、ちらりとこちらを見たが、今回は不問に付すとでもいった鷹揚さで一瞬目を閉じただけであまり騒がなかった。

まいは持ってきたボウルに採った卵を入れて、もう一度同じことを繰り返した。

台所に帰ると、もうフライパンの中でハムがじりじりと焼かれて待っており、おばあちゃんは、

「ありがとう」

と言うが早いかボウルから両手で二個をとり、そのままコンコンと流しの角にぶつけてフライパンに割り入れ、あっという間にハムエッグをつくった。

わたしだったら、まず卵を洗うなあとまいは思ったが、おばあちゃんは見事に卵の汚い

箇所を避けて割っていた。

朝食がすむと、おばあちゃんは二人の使った食器を流しに持っていき、手早く洗った。まいはそれを見ながら、明日からはわたしがしようと思った。それだけではなく、おばあちゃんのするどんな動作も、まいは注意深く見守った。——何のために？ いつかおばあちゃんの役に立つために。まいは、本当に心の底からおばあちゃんが好きになり始めていたのだ。

「今日は表の道路に清掃車が来る日ですから、まいも部屋にゴミがあったら持っていらっしゃい」

おばあちゃんに言われて、まいは部屋からくず入れを取ってきた。

「普通の白い紙は捨てないでね。カラー印刷のしてある紙やプラスティック、ビニール製品はこの袋に入れてちょうだい」

「普通の白い紙って、こういうの？」

まいは書き損じのルーズリーフを見せた。

「そう、焚き付けにしますから」

おばあちゃんのうちのゴミは、まいのうちのゴミの量の五分の一ぐらいしかなかった。まいはそれを持って、表の道路に出しにいった。

門から表の道路までの小道は、両側から楓が枝を差しかけて、すがすがしい新緑の天井になっていた。透明な風が吹き抜けるようだった。

小道が大きくカーブしているところで、まいは小道の両側に注意深く目をやった。もうずいぶん昔のことになるが、まいはここで蛇が道を横切るのに出くわしたことがあるのだ。小学校に入ったばかりの年の夏。

午後、この小道にござを敷き、宿題の絵を一人で描いていた。

ふと、蟬時雨が一瞬やみ、しんとした風景が辺りに深い影を落とした。そのとき、右の藪から大きなシマヘビが、まるでこの世で唯一動いているもののように小道をゆっくりと横切った。そして左の藪へ入る直前に、急に鎌首をもたげたかと思うと、徐ろにその首を左から右へ動かし、辺りを見回した。

見つかったらどうしようと恐怖を感じつつも、すくんでしまって動けなかった。幸いにも目は合わずに済んだけれど、もし、合ってしまっていたらどうなっていたのだろうとまいは時々思う。あの蛇は必ずまいがまだひ弱な子供だということを見透して、何か信じられないようなことをしかけたに違いないと思う。

あれ以来、ここを通るたびに、まいはあの凍るような恐怖を思い出し、用心深くなってしまう。

けれど、それだけを恐れて、この美しい小道を通ることをやめるのはあまりにも悔しいと、まいはいつも自分を励ましてここを通る。よし、今度も何とか大丈夫だった。

表の道路は明るかった。向かいの竹林が風にざざーっと音を立てた。そして、数匹の犬が一斉に吠えたてた。あのずうずうしく庭に入り込んできた男の家の犬たちだ。

まいは目印の電信柱の下にゴミの袋を置こうとした。すると、すでにそこにひもでくくられた何冊かの雑誌が置いてあるのが目に入った。いちばん上の表紙には女の人の裸の写真が奇妙な姿態で載っていた。

すっかり湿気を吸って歪んでしまったようなその本は、明るい陽の光の中でそこだけ暗い陰湿な臭いを発散させているかのようだった。

まいは思わず目を背けた。そしてその目を消毒してしまいたかった。こののどかで鷹揚な田舎の風景は、そういう異質なものすら拒絶せずにそこに溶け込ませているのだった。

しかし、まいにはその不思議な田舎の許容の仕方が、信頼していた何かの裏切りのように感じられ、足早にそこを立ち去った。犬たちが追い立てるようにますます吠えたてた。

たぶん、あの人だろう、あの、おばあちゃんたちがゲンジさんと呼んでいた男。そうに違いないと、心の底から沸き起こる黒雲のような嫌悪感でいっぱいになりながら、まいはおばあちゃんのところへと走った。

――台無しだ。これですべて台無しだ、何もかもおしまいだ、あの、下品で、粗野な、卑しい男のせいで。何で、あんな男がわたしの生活にかかわってくるの？　ほとんど、うまくいきかけていたのに。

犬に吠えられたことも加わって、嫌悪と憤りでほとんど息が詰まりそうだった。

おばあちゃんは裏庭にたらいを出して、洗濯の準備をしようとしていたところだった。血相を変えて走って来るまいを見て、ちょっと驚いたようだったが、すぐにいつもの表情に戻って声をかけた。

「まい、台所の汚れたテーブルクロスと布巾を持ってきて下さい」

たった今受けたばかりのショックを口にしておばあちゃんに伝えることは不可能だと、まいは瞬時に悟った。それはあまりにもここにそぐわなかった。あの雑誌のことはしゃべりたくなかった。それで黙っておばあちゃんに言われたものを台所から持ってきた。ほかにどうしていいかわからなかったから。

おばあちゃんはまた大鍋でお湯を沸かしていた。まいに気づくと、ありがとう、と言って受け取り、その布巾類と石鹼を一緒に鍋の中に入れて煮始めた。

「まい、たらいの中で足踏みをしてシーツを洗って下さいね、裸足になって」

まいはやはり黙ったままで、言われたとおり、裸足になってたらいの中に入り、足踏みをし始めた。冷たい水が足首のあたりでパシャパシャとはね、気持ち良かった。踏んでいるうちにどんどん泡が出て、水が少しずつ濁っていく。まいは熱心に踏み続けた。いつまででも踏み続けていたかった。

「まい、その調子よ、上手、上手。そろそろその水を流して、すすぎに入りましょう」

まいは一旦たらいの外に出て、石鹼水を流した。おばあちゃんはたらいにまた新しい、冷たい水を注いだ。まいは今度は泡を押し出すように踏み続けた。最後のすすぎの水は陽の光にきらきら光った。

すすぎ終わると、おばあちゃんとまいはシーツの端と端を持って反対方向にひねって絞った。びっくりするくらい水が出て、それからもう一度広げて畳んでいき、ぱんぱんとたたいてしわを伸ばした。おばあちゃんはそれをふわりとラベンダーの茂みの上に広げた。

「汚れない?」

「さっき、上から水をかけておいたのできれいです。こうすると、シーツにラベンダーの香りがついて、よく眠れます」

大鍋の中で煮沸されていた布巾類は、びっくりするくらい真っ白になっていた。それを冷たい水にさらして、一枚一枚絞っていき、庭に渡された洗濯ロープにかけていった。

まいはとても熱心に、たらいの洗濯物を踏み続けたので、全部の洗濯が終わるころにはさすがに少し疲れていた。

「ここには洗濯機はないの？」

「昔はありましたね。でも、私一人になってからあまり使わなくなって、そのうち壊れてしまいました」

そのうち壊れてしまいました、と、おばあちゃんは実に悲しそうに、でもどこかとぼけて言ったのでまいは思わず吹き出した。なんだか力が抜けていくようだった。

昼食を食べたあと、まいは昨日見つけた、あの裏山の陽当たりのいい場所に出かけた。そして木の切り株に腰を下ろして、ただぼんやりと時を過ごした。

シジュウカラやコガラ、エナガなどのカラ類の一群が目の前の若い榛《はしばみ》の木にやってきて、ひとしきりさえずったあと、どこかへ飛んでいった。そしてまた静かになった。

まいはすぐそばの枯れ葉を取って手のひらに載せ、この陽の光も、乾いた枯れ葉に覆われた柔らかな腐葉土も、まいを守るように取り囲んでいる新緑に輝かんばかりの若い木々も、心から好きだと思った。

そこにいるだけでまいは一刻一刻を楽しんだ。一息一息の空気でさえ甘露のように味わった。今朝の出来事にあれほど動揺したのが嘘のようだった。

しばらくそうしていたが、午後から勉強する予定があったのを突然思い出し、慌てて立ち上がった。そしてもう一度深呼吸してから家に戻った。

翌日、朝食を食べながら、おばあちゃんがふと思い立ったように、

「まいちゃんも、どこでも好きなところ、畑を作ってもいいですよ」

と言った。

まいは一瞬何のことかわからずに、ポカンとおばあちゃんの顔を見つめ返した。

「おばあちゃんのうちの庭の中、山の中で、まいの好きな場所を選びなさい。そこをまいにあげましょう」

パンを口に運びかけていたまいの手は、止まったままだった。思いもかけないプレゼントだった。うれしくてほとんど息が詰まりそうだった。

「どこでもいいの？」

と、まいは息をひそめて聞いた。この幸運が逃げていかないように。

「どこでも。ブラッキーの墓のほかは」

おばあちゃんはうなずいた。

まいの魂は一瞬にして現《うつ》し身を抜け、庭や野山を風のように駆け巡った。そして決めた。

「おばあちゃん、わたし、決めた。いちばん好きな場所」

「もう？　それじゃあ、後からそこへ行きましょう。でも、その前に、それを早く食べてしまいなさい」

もう朝ごはんどころではなかったけれど、まいはきちんと最後まで食べた。そして台所へ食器を持っていき、おばあちゃんの分まで洗った。それから、普通のタオルくらいの大きさのある布巾で丁寧に拭いた。おばあちゃんのうちの布巾は皆大きかった。拭き終わると、棚にしまい、最後に布巾を洗って絞り、畳んでパンパンとたたき、台所ドアの外の布巾掛けに干した。そして、ドアとドアの間に生えているあの勿忘草のような雑草にも忘れずに水をやった。まいはその日最初にそこを通るとき、いつもそうすることにしていた。これはまいが毎日秘かに実行すると決めたことの一つだった。

おばあちゃんは、裏庭の繁りすぎたセージを、手際よくパチンパチンとはさみで切っては、あけびの蔓で編んだ籠に入れていた。別の籠には、朝食前にすましたらしいミントの葉の大盛りがすでに入れてあった。ミントとセージのすがすがしい草いきれでむせかえるようだった。

横のかまどでは、お湯が沸騰し始めていた。

「まい、うちにある鍋やボウルを全部持ってきて下さい」

まいは言われたとおり、台所に入って鍋やボウルを可能なかぎり重ねて持ってきた。

「ありがとう。それを地面に並べて置いて下さい」

まいがそうすると、おばあちゃんは端からミントとセージの葉を入れ、上からお湯をかけていった。

「さあ、これでよし。帰ってきたらミントティーとセージティーができていますよ。さあ、行きましょう」

と、おばあちゃんは促すように微笑んだ。

まいは裏山へ向かう道を歩きながら、

「でも、おばあちゃん、あんなにいっぱい何に使うの？　わたしの薬なの？」

と、少し不安になりながら聞いた。

「ふふふ。違いますよ。あれはみんな私の庭や畑が飲むんです。虫よけの薬になります」

「ふうん」

鶏小屋の横まで来たとき、おばあちゃんはちょっと立ち止まって、

「まいはこの草の名前を知っていますか？」

と言って、小屋の前に堂々と根を張っている一株の草を指した。

「わかんない。何て名前？」

「クサノオウといいます。いかにも草らしい草でしょう？　けれど猛毒です。気をつけな

ければなりませんよ」

「見ただけでは全然わからないわ。どこにでもある草みたいだけれど」

おばあちゃんは近づいていって葉をつまみ、さっと茎から裂いた。見る見るうちに、まるで薄い血のような汁が出てきた。

「決してこの汁を口に入れてはいけません。けれどもおもしろいことに、この汁は同時に大変優れた薬にもなるのですよ。特に眼病の特効薬です。でも、繰り返して言いますが、決して飲んではいけません」

おばあちゃんがひどく真面目な顔だったので、まいも緊張して、

「わたし、飲むも何も、絶対近寄らないわ」

と宣言した。

おばあちゃんは、ちょっと微笑んで言った。

「今はね。そのほうがいいかもしれませんね。でも、そのうち詳しい使い方を書いておいてあげましょう。いつか必要なときがくるかもしれませんから」

外でミミズをつついていた雄鶏が、さっきからまいのほうをチラチラと見ていた。まいも気がついて、

「元気？」

と、声をかけた。雄鶏はもちろん返事はしなかったけれども、満足そうに瞬きをしてミミズつつきに専念し始めた。

「仲がいいのね」

おばあちゃんがおもしろそうに言った。

「ううん」

まいは、おばあちゃんのようににやりとした。

「すごく悪いの」

「あらあら」

おばあちゃんは笑った。

「まいも魔女らしくなってきましたね」

摘み残した野いちごがチラホラと残る明るい林を過ぎ、丘を越えて、まいは杉林と竹林の間の陽の当たる場所を指し示した。

「ここよ。おばあちゃん」

おばあちゃんは微笑んで、少しためらったあと、その場所に入っていった。そして、切り株の一つに腰を下ろした。

「ここはまいの好きそうな場所ね。古い切り株たち。昔、私たちがここに移り住む直前に、ここにあった木たちが切られたのです。下見に来たときは、小さいけれども見事な森だったのに。私はその素晴らしくいい香りをさせている新しい切り株を見て、とても悲しかった。でも、今はこうやって切り株の間にすみれが花を咲かせるようになったり、若い木たちも伸び伸び伸び葉を繁らせていますねえ。野バラもあるのね。私はあのときの悲しい思いがずーっとあったので、こうやって、ここでゆっくりと時を過ごすことがなかったのだけれど」

おばあちゃんは独り言を言うように遠くを見つめながら言った。

「どれくらい昔の話？」

「そうねえ、四十年くらいになりますか。そのころはまだ表の道路も舗装されていなくて、とても細くて車もほとんど通らないくらいでした。ここと竹林との境が段になっているでしょう」

「うん」

「そこからこっち、杉林までと、今、通ってきた裏庭から丘、それに畑と前庭、おじいちゃんが買ったのです。当時は、今よりも辺鄙で不便なところでしたけれど、おじいちゃんはできたら山ごと買いたかったんです」

「じゃあ、この場所はぎりぎりうちの土地なのね。あの竹林から向こうは違うのね」

「そうです。よかったわ。まいはここが好きなのね……。でも、ここに畑ができるかしら」

まいは、はっとして気分が重くなった。こんなにたくさんの切り株。張り巡らされた根。ここを耕すことができるだろうか。何より、ここを畑にしたらここはここでなくなってしまう……。でも、まいはここが大好きだ。おばあちゃんがどこかをまいの土地にしてくれると言うのだったら、まいはここ以外考えられなかった。

黙り込んでしまったまいを見て、おばあちゃんは慰めるように言った。

「ここはまいの場所にしましょう。でも、いじらないで、このままにしておいて、植えるものは、そうね……野アザミとか、ツリガネニンジン、リンドウ、いろんな種類のスミレ、そういう強くて優しい草のものにしましょう。スコップで移せるぐらいのね。そうしておいて、秋には、スノードロップの球根を、宝物を隠すようにあちこちに埋め込むといいわ」

まいはそれを聞いて、目の前がパッと明るくなる思いがした。それがまいの欲しかったまいの「場所」だ。

「おばあちゃん、それ、すごくいい。おばあちゃん、大好き」

おばあちゃんは目を細めて満足そうに、

「アイ・ノウ」

と言った。

この場所をもっと居心地良くしよう。裏で見つけた7センチくらいの楓の赤ちゃんも移してあげようか。それから何かの「巣」もあったらいいな。小鳥でも、ヤマネでも……。ああ、でも何も変えないほうがいいような気もする、わたしの場所。帰る道すがら、まいは、いろんなことを考えた。おばあちゃんはあそこを「マイ・サンクチュアリ」と呼んだ。

裏庭に着くと、仕込んでおいたハーブティーはすっかり濃い色をしていた。おばあちゃんはそれをじょうろに入れ、水を足して、まいに畑に撒いてくるように言った。まいは何度も往復した。

おばあちゃんも別のじょうろで裏庭に撒いていた。紫色のキャベツの外葉に注がれたハーブティーは、くるくると透明な琥珀色の玉となって揺れた。眠っていたような青虫やアブラムシはあたふたと逃げ出した。まいは大声で笑いながらそれを見つつ、ずーっとあの場所のことを思っていた。ああ、本当にあの場所がわたしの場所になったのだ……。

ずっとずっと後になって、まいは、おばあちゃんが、法律的にも本当にその土地をまいのものにしてくれていたことを知った。そして結局そのことが、おばあちゃんの山全体を開発の波から救うことにもなったのだった。

まいの毎日は、そのように幾つかの仕事と自由なくつろぎの時間の組み合わせがだんだんにパターン化され、心地よい一定のリズムを持ったものに整えられていった。

魔女の修行のほうは、当初まいが望んだものとは違うもののようにも思えたが、それはそれで新鮮でおもしろかった。

夕食後の時間は、いつの間にか「魔女の心得講座」のようになってしまった。どうやら魔女になるための必須条件とは、「自分で決める」ことに尽きるらしかった。例えばある夜はこんなふうだった。

「目を閉じてごらんなさい」

まいは言われたとおり目を閉じた。

「まいの大好きなあのマグを思い描いて」

「うん」

「しっかり描けましたか？　手を伸ばせば本当に触れるんじゃないかと思うくらい？」

「ええ？　まさか」

あんなに日常慣れ親しんだマグなのに、まいはその細部をうまく再現できなかった。

「できますよ。コツはね、朝、目覚める寸前の、あの夢と現実の境の感じをしっかり自分のものにするんです。これから毎朝、その瞬間を意識して捉えてごらんなさい。そして、自分で見ようと決めたものを見ることができるように訓練するんです。最初はマグでも、りんごでもいいんです。それができるようになったら、今、現実には見えないもの、例えばこの箱の中身だとかそういうものを見たいと思い、実際に見えるようにするんです。そうなるまでにはかなり時間がかかりますけどね。でも、気をつけなさい。いちばん大事なことは自分で見ようとしたり、聞こうとする意志の力ですよ。自分で見ようともしないのに何かが見えたり、聞こえたりするのはとても危険ですし、不快なことですし、一流の魔女にあるまじきことです」

じゃあ、おばあちゃんのおばあちゃんが体験したというあの白昼夢は一体何だったの、とまいは疑問に思ったが、おばあちゃんはまるでまいの考えていることがわかったかのように、

「私の祖母の場合は、自覚した魔女ではありませんでした。最初はね。ですから何の準備もしていないときに、そういうものが突然見えるというのは、祖母には大変つらいことだったのです。よく訓練された魔女にはそういうことはありません。見たいと思うものが見えるし、聴きたいと思うことが聞こえる。物事の流れに沿った正しい願いが光となって実現していく。それは素晴らしい力です」

まいには本当にそれが素晴らしい力であるように思えた。それが獲得できるのはいつのことだろう。おばあちゃんは本当にそんなことができるのだろうか。

「おばあちゃんもそういうことができるの？」

思わず聞いてしまった。

おばあちゃんは例のにやりとした魔女笑いを浮かべて、

「できるかできないかは別にしても、私はそういうことはやりません。必要がありませんから」

まいは肩すかしを食ったような気がして、

「どうして？」

と大きな声を出した。

「そうですねえ」

おばあちゃんは視線をまいから少しずらして、考えながら答えた。

「朝、起きるでしょう。まだ暗い季節もあれば、今ごろのようにもう太陽が登っていて十分明るい季節もあります。空気はとても冴えざえとしていて、新しい一日が始まったんだな、と思います。お湯を沸かして、お茶の準備をします。そして庭に出て、草木の様子を楽しみます。時には思いもかけなかった植物が、もくもくとした土の間から芽を出していたり、つぼみがふくらんでいたり、新しい緑の葉がつやつやとして朝露を抱いているのを見つけたりします。庭は毎日変化します。そして仕事をします。私はそういう毎日のほかにどんなことも望みません。変化を前もって知ることは、私からsurprise《サプライズ》の楽しみを奪います。だから必要ないのです」

「でも、わたしにはそういう生活を続けることはできないわ」

「どうして?」

「え?」

まいは口ごもった。そんなこと決まっているじゃないか、なぜおばあちゃんはそんなことを聞くんだろう。

「だって、学校があるじゃない、それに……」

「まいはずっとここにいてもいいんですよ。まいがそうしたかったら、私からママに頼んであげます」

おばあちゃんは甘やかすように優しく言った。まいはあっけにとられた。

そんなこと、考えてもみなかった。おばあちゃんと、ここでずっと暮らせるなんて。嵐の荒野をずっと一人で歩いてきた旅人が、やっと小屋を見つけ、中に入ると暖かい暖炉に湯気をたてているごちそうがあり、そして何より愛情あふれる笑顔があって、もう外に出なくていいんですよ、と言われたようなものだ。

そんなこと言われると、まいは何だか身体じゅうの力が抜けるような気がした。いつかは戻らないといけないのだと、ずっと思い込んできたので、何というか、身体がまだ戦闘態勢を解いていなかったのだ。

「でも、わたしが帰らなかったら、ママは一人になってしまうし……。おばあちゃんと一緒に暮らすのは大好きなんだけど……」

「わかりました。それなら、まいには魔女修行が必要ですね」

と、すぐさまきっぱり言って、おばあちゃんはにっこりと笑った。

なぜ、そのとき、荒野の中の唯一の避難所のようなあの家で暮らすことを選ばなかったのだろうと、まいは後々まで不思議に思った。しばらく考えさせて、と言うことだってできたのに……。

まいは何だか、大慌て、という感じで即座に断ってしまった。ママのことは口実に過ぎなかった。それは、おばあちゃんもわかっていたに違いない、とまいは思う。

まいの心と身体は、戦闘態勢を解いて穏やかな生活に入ることを拒否したのだ。それが健康なことだったのか、それともひどくいびつなことだったのか、もっと大人になってからも、まいにはわからなかった。

まいは、おばあちゃんからの申し出を断わったことに何となく後ろめたさを感じて、

「おばあちゃんはだれから魔女修行を受けたの？」

と、とりなすように尋ねた。

「伯母からです。妹と一緒に。妹のほうが優秀でした。妹はそういうことが好きでしたし、先天的な能力もありましたから」

おばあちゃんの妹という人は、まいも少し知っていた。毎年まいのママのところにもクリスマスカードが送られてくる。それにはいつも必ずまいへも一言添えられていた。そうか、あの人もそうだったのか。まいは、漠然としてしか感じていなかったおばあちゃんの英国の一族が急に身近に思えた。

「妹は、今ではそれを生業のようにしていますけれど」

「おばあちゃんは本当にそういう力をもう普段に生かすことはないの？」

おばあちゃんは口元をちょっと上げて静かに微笑んだ。そして、どこか遠いところを見つめた。

「そうね、一つ、いつ起きるとわかっていることがあります」

「なあに？」

「ひ・み・つ」

と言って、おばあちゃんは片目をつぶった。

「そう言われると、よけいに知りたくなる。でも、おばあちゃんは、前もって起きることがわかってもしようがない、みたいに言っていたでしょ。それは別なの？　いつ起きるってわかると何か役に立つことなの？」

「そうですね。私を多少あせらせはしますけどね」

「何だろうなあ」

「そのうちまいにもわかりますよ」

そして、二年後、まいにもわかるときがくるのだった。

まいがおばあちゃんの家にきてから、三週間ほどたったある朝のことだった。いつものように、半分寝呆けたまま卵を採りに鶏小屋へ向かった。

まいはそのときの妙に静かすぎる外の気配をまだ覚えている。何か変だ、とぼんやり思った。

その奇妙な、風景が息を殺して何かを見守っているような気配は、鶏小屋のところを頂点としていた。鶏小屋がまいの目に入った瞬間、見てはいけない、と何かが強くまいに命じた。けれどまいの視覚は、まるで記録映画でも作るようにその一瞬の映像を深く心に刻み込ませた。

散乱した羽。とさかの付いた頭部。白い眼。筋ばった足。そして羽の付いた肉塊。

一瞬呼吸を忘れ、それから自分自身をその場から遠ざけるかのように、あらんかぎりの悲鳴を上げた。そして大急ぎで走って逃げた。びっくりしたおばあちゃんが台所のドアから飛び出してきた。

「どうしたのっ？」

「鶏が……」

まいは顔を手で覆った。だめだ、わたしはパニックになる、と、どこかで冷静に成り行きを見つめている眼があった。

「ああ」

おばあちゃんは、すべてを合点したようだった。

「中へお入り」

まいは逃げ込むように中へ入ると、ちらっとガス台へ眼を遣った。フライパンの火は消してある。よし。さすがおばあちゃん。それではこの事態の収拾に専念しなければ……どこか遠いところで、そういう呟きが聞こえた。

おばあちゃんは温かいミルクをまいに一口飲ませて台所に立った。

「前にもあったんです。野犬か、いたちの仕業でしょう。ブラッキーのいたころには……」

おばあちゃんはやかんを火にかけ、外に出てミントを摘みながら続けた。

「こんなことはなかったのだけれど」

そしてざっとミントを洗い、ティーポットに入れ、沸騰したお湯を注いだ。

「おばあちゃん、わたし、何も食べたくない。朝ご飯いらない」

まいは力なく言った。おばあちゃんは気の毒そうにまいを見遣って、

「そうね。でも、お茶を一杯飲みなさい」

と、まいのマグにミントティーを入れて持ってきた。

ミントティーを飲むと、まいはいつもこのお茶はわたしの味方だと思う。慰め、落ち着かせ、励まそうとする意志が感じられると思う。

「ゲンジさんに言って、金網の修理をしてもらわないと……」

それを聞いて、まいは肩の辺りにひどく重いものを感じた。ゲンジさんが来る。ミントティーの力もここまでだ。

おばあちゃんは、まいに今日の午前中は家の掃除をするように言いおいて、鶏小屋の後片づけに行った。

まいは二階の自分の部屋から始めることにして、箒とちりとりを持ってのろのろと上がった。開いたままになっていた読みかけの本に、しおりを挟んで本棚にしまい、ベッドをおばあちゃんに教わったように整えてベッドカバーをかぶせた。そして、窓を開けた。鶏小屋と、掃除をしているおばあちゃんが見えた。

今にして思えば、確かに夜中に鶏たちの騒いでいるのを聞いた覚えがある。でも、今までにもそういうことは時々あったので、また、鶏が寝呆けたか、野良猫でも通ったのだろう、ぐらいにしか思わなかったのだ。最近、この辺まで猫を捨てに来る人たちがいる、とおばあちゃんが言っているのを聞いたことがあったので。でも、あれは違ったのだ、あれは鶏の断末魔だったのだ。なぜ、わたしはそれに気がつかなかったのだろう。おばあちゃんの部屋からは聞こえにくいのだから、わたしが気づくべきだったんだ。でももう遅い。まだ朝暗いうちからときの声をつくる、あの雄鶏の声を夢うつつで聞くことはもうないのだ。

まいはたまらなくなって、すごい勢いでベッドの下に箒を突っ込んで掃除を始めた。掃き終わるとドアを開けておじいちゃんの部屋のドアを開けた。

ほこりっぽい古い本の匂いが、まるでここだけ時が止まっているかのように充満していた。入り口は大人が何とか立っていられるぐらいの高さはあるが、天井が奥に向かって低く傾斜しているので、部屋としてはあまり使い道がない。

窓から前庭が見える。樫の木の梢がすぐそこにある。厚く、深々とした、たのもしい緑だ。窓際で不思議な輝きを見せているのは、おじいちゃんがおばあちゃんと英国に行ったときに手に入れた蛍石《ほたるいし》で、そのものは緑色だが、青白い光を辺りに放つ。おじいちゃんは鉱物が好きだった。

壁に大ざっぱに板を渡しただけの棚に、小さな剣の形をした輝安鉱《きあんこう》の結晶や、氷の国のかけらのような水晶、雲母や石英の混じった花崗岩、そのほかまいの知らない赤や青や緑の様々な石がきちんと整理もされずに転がっていた。床の上には、本棚に入りきらない本があちらこちら積まれている。

おばあちゃんはおじいちゃんが死んだ後も、この部屋をそのままにしておいた。

まいは窓を開けて簡単に床を掃いた。それから階段も掃き、バケツと雑巾を持ってもう一度二階へ上がると、机の上や棚を拭いた。下のリビングやおばあちゃんの部屋もそうやって掃除をし、最後に台所の椅子を全部テーブルの上に上げ、モップで床を拭いた。

全部終わったときはもう十二時近かった。途中で、たぶんおばあちゃんが呼びに行ったのだろう、話しているゲンジさんの声が聞こえたが、ぞっとして絶対に外へ出なかった。

手を洗っていると、おばあちゃんが入ってきて、

「まあ、きれいになったこと。ありがとう、まい。お昼はどうしましょうね。まだ何も食べたくない?」

まいは黙ってうなずいた。

「じゃあ、透き通ったきれいな色のゼリーでもつくってあげましょうね」

と、おばあちゃんは優しく言った。

午後は国語の勉強と称して、本を読む予定にしていたのだけれど、全く集中できなかった。窓から見える鶏小屋は、金網が外されてずいぶんすっきりしていた。ゲンジさんの説によると、野犬やいたちは金網の下を掘って中に入るので、少なくとも三十センチは網の下の土を掘り、セメントを流さなければならない。小さな小屋なので、すぐに仕上がるだろうと、お昼におばあちゃんが話していた。とにかく、今日は溝だけ掘り、明日またセメントを持ってゲンジさんはやってくる。

まいは本を置いて外に出た。まいの「場所」に行こうと思ったのだったが、そうするためにはあの鶏小屋の前を通らねばならない。胸が痛んだが勇気を出して行くことにした。クサノオウの上に破れた金網が片づけてあった。クサノオウは無惨につぶれていた。無神経なやり方だ、とまいは思った。

さっさと通り過ぎようと心ではせくのだが、身体《からだ》はぼんやりと立ち止まったままだ。いったいどんな動物がどういうふうにしてこの網を破ったのだろう。昨日まで生きて動いていた鶏、卵を産んだり、羽をバタバタさせたり、ミミズをつついていた鶏。それがああいうふうに物体として転がっていた様を思い出すと、何とも言いようのない切なさと悲しみでまいの心はいっぱいになる。

ふと、金網に付いている薄茶色の毛の塊を見つけた。いたちだろうか、狐だろうか、それとも犬だろうか。まいにはわからなかったが、この毛が、かつてその動物に付いていたことを思うと、憎しみのようなものと同時に不思議な思いもした。とにかく、そういう動物が存在して、ここで修羅場が展開されたことは事実なのだ。この毛がそれを物語る。ああ、あの誇り高い雄鶏は、突然の襲撃に驚きながらも、雌鶏たちを守ってどんなにか果敢に戦ったことだろう。

まいは奥歯を噛んでその場を後にした。そしてまっすぐにまいの「場所」に行き、いつもの切り株に腰を下ろした。これでようやく少しは慰められると、まいは思っていたが、そのうちあたりの様子がいつもと少し違うのに気がついた。

最初、それは、ただの意味をもたない雑多な音の集合のようだった。葉と葉の擦れ合う音や小枝や葉の落ちる音、遠く車の走る微かな音などの。けれども、まいの敏感になっているアンテナが、まい自身の制御からわずかに外れて、その雑音の中から勝手に何かの意味を拾おうとした。

そのとたん、木の幹のゴツゴツとした楠《くすのき》や、その向こうの枯れかけた竹、葛の葉の覆っている藪などがひそひそざわささやいているような気が、まいにはしてきたのだ。それはこんなふうにも聞き取れた。

――ゆうべの、ゆうべの、あの惨劇。

――闇を切り裂く断末魔。

――ああ、厭わしい、厭わしい。

――肉を持つ身は厭わしい。

突然、空が暗くなり、風がさっと吹いて木々は一斉に白い葉裏を見せた。びゅ、びゅ、びゅ、びゅ、と、烏がまいのすぐ上を羽ばたきして通過する力強い音も聞こえた。まいは急に恐ろしくなって、一目散におばあちゃんの台所へ走って帰った。


その晩、まいはおばあちゃんと一緒に眠りたいと言い、おばあちゃんはどうぞと言った。おばあちゃんの部屋は畳敷きで、布団を敷いて寝る。おばあちゃんは自分の布団の隣にまいの布団を敷いた。まいは二枚のシーツを持って、まるでベッドメイキングのように、一枚を敷き布団に、もう一枚を掛け布団に折り込んだ。おばあちゃんからベッドメイキングを教わってから、何となく癖になってしまったのだ。

まいが布団に入ると、おばあちゃんは電灯を消して枕元の電気スタンドの小さな明かりだけにした。そして自分も布団に入った。まいは、おばあちゃんがおやすみを言う前に、急いで話しかけた。今日の、あのいつも大事に思っていた場所での気味悪い出来事についてだった。まいが話し終わると、おばあちゃんは、

「何でもありませんよ。まいは今日はだいぶ動揺していましたからね。そんなことは気にしないことです。無視するんです」

「どうして?」

「だって、その声は、まいが心から聞きたいと願ったものではなかったのでしょう。そういう一見不思議な体験を後生大事にすると、次から次へそういうものに振り回されることになりますよ。けれども不必要に怖がることはありません。それも反応していることになりますからね。ただこうべを高く挙げて」

と言って、おばあちゃんはおとがいをあげた。

「無視するんです。上等の魔女は外からの刺激には決して動揺しません」

そんなこと、絶対無理だわ、と、まいは思った。

でも、そんなことよりも、今まいにはおばあちゃんに聞いておかなければならないことがあった。それはまいがもう何年もの間、ずっと考え続け、恐れ続けてきたことだった。夜になると考えまいとしても、そのことが頭から離れなくなるのだ。そしてブラックホールに吸い込まれていくような気持ちになって、叫び出したくなる。もう何年もそうだった。

「おばあちゃん」

まいは低い声で呼びかけた。

「なあに」

おばあちゃんも低い声で返事をした。

「人は死んだらどうなるの」

それを聞いて、おばあちゃんは声にならない唸り声のようなものを出した。それからため息と共に、

「わかりません。実を言うと、死んだことがないので」

まいは張りつめていた緊張が、変な緩み方をしたように思った。そして何だか急におかしくなって、そんなつもりはなかったのに吹き出してしまった。

「もう、おばあちゃんたら」

おばあちゃんも笑いながら、

「でも、自分の死はまだですけれど、おじいちゃんの死は体験しましたし、魔女トレーニングは受けましたから、ある程度の知識はあります。それに、この歳になりますと、死後のことを射程に入れて生きるようになりますから」

おばあちゃんはまいを見て、片目をつむりながら、

「まあ、言わば、エキスパートですよ。まいは運がいいですね」

「そうね。パパよりはおばあちゃんのほうが知っていそう。最初からおばあちゃんにきけ

ばよかった」

「パパにも聞いてみたんですか」

まいは一瞬黙り込んでから、

「うん。もう何年も前の話だけれど」

「パパは何て言っていました？」

まいはまた黙り込んだ。ややあって、口を開こうとしたが、胸が詰まり、どうしても涙声になるのだった。

「パパは、死んだら、もう最後の最後なんだって言った。もう何もわからなくなって自分というものもなくなるんだって言った。もうなんにもなくなるんだって言った。でも、わたしが死んでも、やっぱり朝になったら太陽が出て、みんなは普通の生活を続けるのってきいたら、そうだよって言った」

もう、最後のところはしゃくりあげていた。

おばあちゃんは黙って聞いていたが、布団の端をあげて、

「まい、こっちにおいで」

と、優しく言った。

まいは、しゃくりあげながらおばあちゃんの布団の中に入った。おばあちゃんはまいの

背中をなでながら、

「それでは、まいはずっとつらかったね」

まいは、返事の代わりにまたひとしきり声をあげて泣いた。

おばあちゃんはしばらくそうして背中をなでていたが、まいの泣き声がやがて切れ切れになると、

「おばあちゃんの信じている死後のことを話しましょうね」

と、ささやくように言った。まいも小さな声で、

「うん」

と、返事をした。

「おばあちゃんは、人には魂っていうものがあると思っています。人は身体と魂が合わさってできています。魂がどこからやって来たのか、おばあちゃんにもよくわかりません。いろいろな説がありますけれど。ただ、身体は生まれてから死ぬまでのお付き合いですけれど、魂のほうはもっと長い旅を続けなければなりません。赤ちゃんとして生まれた新品の身体に宿る、ずっと以前から魂はあり、歳をとって使い古した身体から離れた後も、まだ魂は旅を続けなければなりません。死ぬ、ということはずっと身体に縛られていた魂が、身体から離れて自由になることだと、おばあちゃんは思っています。きっとどんなにか楽

になれてうれしいんじゃないかしら」

「じゃあ、魂がわたしなの？」

「まいは魂と身体が合体して、まい自身なんですよ」

まいはしばらく考えたが、やはりよくわからなかった。

「じゃあ、こうやって、考えたり、うれしかったり悲しかったりするわたしの意識はどうなるの。わたしはそれが消えてなくなるのがいちばん怖いの」

「まい、おばあちゃんはさっき、上等の魔女は、外からの刺激に反応しない、って言いましたね。でも、それを完璧に遂行するのは無理です。正確には、上等の魔女ほど、外部からの刺激に反応する度合いが低い、と言うべきでした。なぜなら、肉体を持っている人間なら、だれでも傷を負ったら痛いと思うし、風邪をうつされて高熱が出たら、意識が朦朧としてくるでしょう。食べ物がなくなってお腹がすいたら、怒りっぽくなる人もいるし……」

「わたしも少しそういうとこある」

「そう？　最近では、カルシウムが足りないといらいらするとも言われていますよね。それだって身体があるからで、やっぱり身体が意識に影響を与えていますよね」

「だからわたしは魂と身体の合体っていうわけなの？」

「そうです。で、死ぬってことは、その身体の部分がなくなるわけですから、やっぱり、死んだ後もまいは今のまいのままだとは、言いづらいですね」

「じゃあ、魔女って生きているうちから死ぬ練習をしているようなもの？」

「そうですね。十分に生きるために、死ぬ練習をしているわけですね」

まいはしばらく考え込んだ。

「それじゃあ、身体を持っていることって、あんまりいいことないみたい。何だか、苦しむために身体ってあるみたい」

まいは、無力にも物体と化して転がっていた、バラバラの鶏のことを思っていた。

「あの鶏はかわいそうなことをしましたね」

おばあちゃんもしんみりと言った。まいは、なぜおばあちゃんはわたしの考えていることがわかったのだろう、といぶかったが、そんなことを詮索していてはきりがないので、

「もしああいう目に遭うとしても、身体をもつ必要があるの？」

と、責めるようにきいた。

「あの鶏にはあの鶏の事情があったのでしょう。魂は身体をもつことによってしか物事を体験できないし、体験によってしか、魂は成長できないんですよ。ですから、この世に生を受けるっていうのは魂にとっては願ってもないビッグチャンスというわけです。成長の

機会が与えられたわけですから」

「成長なんて」

まいは、なぜだかわからなかったが腹が立ってきた。

「しなくったっていいじゃない」

おばあちゃんは困ったようにため息をついて、

「本当にそうですね。でも、それが魂の本質なんですから仕方がないのです。春になったら種から芽が出るように、それが光に向かって伸びていくように、魂は成長したがっているのです」

まいは何となく、納得したくなかった。けれど、長年心にあって苦しんできた重石《おもし》がようやく取り除かれて、別のドアが開かれたような、明るい気分にもなってきているのも事実だった。

「それに、身体があると楽しいこともいっぱいありますよ。まいはこのラベンダーと陽の光の匂いのするシーツにくるまったとき、幸せだとは思いませんか？　寒い冬のさなかの日だまりでひなたぼっこしたり、暑い夏に木陰で涼しい風を感じるときに幸せだと思いませんか？　鉄棒で初めて逆上がりができたとき、自分の身体が思うように動かせた喜びを感じませんでしたか？」

確かにそうだった。まいは返事の代わりに少しふくれてうなずいた。おばあちゃんは笑いながら、さあ、もうそろそろあきらめなさい、というように、

「今夜はこれでおやすみなさい」

と、言った。


次の朝、まいは目を覚まして一瞬自分がどこにいるのかわからなくなったが、すぐに思い出して隣を見ると、もうおばあちゃんはいなかった。昨夜おばあちゃんとの長い話の後も、まいはいろいろ考えて結局眠るのがかなり遅くなってしまった。時計を見るともう七時半だ。慌てて起き上がり、台所へ急いだ。

「おはよう、おばあちゃん」

と声をかけて、いつもの卵を採るボウルを取ろうとした。

「ああ、まい……」

おばあちゃんは何ともいえない顔をして首を横に振った。

「あ、そうだったね」

まいもようやく思い出した。今日は昨日の続きだった。

おばあちゃんはおかゆをつくっていた。まいはテーブルを拭き、お箸とスプーンを両方

用意した。おばあちゃんはおかゆをよそって、トレイに載せて運んで来た。

「結婚してから初めておかゆをつくったとき、私はお砂糖を入れて甘くしてしまったんです。うんとおいしくするつもりでね」

まいは心底驚いた。

「どうして？」

「そんな種類のスウィートがあるんですよ。それで、おじいちゃんが、風邪をひいて、おかゆが食べたい、おかゆっていうのは、ライスをどろどろにしたものでって説明してくれたので、私は、ああ、それならできるって言って……」

おばあちゃんは、くすくす笑いながら続けた。

「干しぶどうやミルクやいろいろ入れて、運んでいったの。おじいちゃんに言われたように、梅干しをトップに置いてね。何だか変だとは思ったんだけれど……」

「おじいちゃんは食べたの？」

「ええ。食べなきゃ悪いって思ったのと、熱があって味がよくわからなかったので何とか食べられたんですね」

「おじいちゃんって優しい人だったのね。でも、今のおばあちゃんを見ていると、もうすっかり日本人みたいだから、そんなころがあったなんて信じられない。わたしより日本語もよく知っているし……」

「鍛錬、鍛錬。まいの魔女修行もそのうち成果があがりますよ」

おばあちゃんは楽しそうに笑った。まいも昨日より気分が晴れやかになった。おかゆもおいしかった。

「おばあちゃん、わたし、夕べ、変な夢みたの」

まいは、ふと思い出して、おかゆをすすりながら言った。

「どんな夢？」

「蟹になった夢なの。蟹の赤ちゃんのころは体も柔らかくて、居心地がいいんだけれど、だんだん大きくなると、体もどんどん硬くなるの。そして体のいちばんまん中の核のところまで、硬くなりそうになって、ああ、もうだめだ、と思ったら、脱皮が始まったの。たぶん、以前、ざりがにを飼っていたときに見た、脱皮の影響だと思うんだけれど」

「それで、まいはどんな気持ちでしたか？」

おばあちゃんは興味深そうにきいた。

「久しぶりにお風呂に入ったみたいにすっきりして、それでね、ああ、死んで魂が身体を離れるときってこんな気持ちなのかなあ、と思ったの」

おばあちゃんは目を閉じて、しみじみと言った。

「ありがたい夢ですね」

「うん、すごく楽になった気がした」

まいも素直にうなずいて、

「でも、まだ本当のところはわからないけれどね」

「おばあちゃんが死んだら、まいに知らせてあげますよ」

と、おばあちゃんは軽く請け合った。

「ええ？　本当？」

まいは一瞬喜んだが、すぐにきまり悪そうに、

「あの、でも、急がなくても、わたしはただ……」

おばあちゃんは、珍しいことに大声で笑った。

「わかっていますよ。それに、まいを怖がらせない方法を選んで、本当に魂が身体から離れましたよって、証拠を見せるだけにしましょうね」

「お願いします」

まいは深々と頭を下げた。

「でも、わたし、おばあちゃんだったら幽霊でもいいな。夜中にトイレに行くとき以外だったら」

「考えときましょう」

おばあちゃんはにやりと魔女笑いをした。


そのとき、リビングの方で電話が鳴った。

「この時間だったら、ママが仕事に行く前にかけているんでしょう」

と言って、おばあちゃんが立ち上がり、まいも後から続いた。おばあちゃんは足早にリビングに入り、受話器を取って、

「もしもし……ええ、たぶん、あなただろうと、まいと話していたのよ」

おばあちゃんは、ほらね、と言うようにまいを見て片目をつむってみせた。

「……ええ、元気よ。まいのおかげで楽しいわ。夕べは一緒に寝たんですよ。……ほほ、あなたのときは……あらそう、それはそれは……ちょっと待ってね」

と言って、まいに受話器を渡した。

「あ、ママ？　うん、大丈夫、ちゃんとやっているから。……え？　パパが来るの？　なぜ？　……ふーん。……別に、いいけど……うん。わかった。じゃ、気をつけて行ってらっしゃい」

まいは受話器を置いた。そして目を丸くしておばあちゃんの顔を見、

「パパが来るんだって」

おばあちゃんもつられて目を丸くし、

「夕べの噂話が聞こえたのかもしれませんね」

と、ひそひそ声で言った。

まいとおばあちゃんは台所へ戻りながら、ひとしきりパパのことを話題にした。

「わざわざわたしのために来るのかなあ」

「ママは、このあいだの連休がとれなかった埋め合わせで、休めるんだと言ってましたよ」

「でも、まだ一週間先だって言っていたね」

「そのときは何かごちそうでもつくりましょうか。卵がないとやっぱり寂しいかしら」

「そんなことないんじゃないかなあ」

そのとき、外で人の通る音がした。まいが窓をのぞくと、セメント袋を肩に担いだゲンジさんが歩いていた。まいは思わず首を引っ込めた。おばあちゃんも気づいた。

「あら、ゲンジさんね。早いですね」

と言って、外に出て、彼を追っていった。

まいはゆっくり時間をかけて、後片づけをし、いつものようにドアとドアに挟まれた場所の隅に咲いている小さな勿忘草《わすれなぐさ》のような雑草に水をやった。本来は透明のガラスでサンルームのようになっているのに、その草の生えている辺りのガラスは、相変わらず泥はねでくもりガラスのようだ。

そうだ、この草は、ヒメワスレナグサと呼ぼう、とまいは決めた。植物の中で、そのものよりも一回り小さい、よく似た植物を、ヒメ——と呼ぶことをまいは知っていた。

鶏小屋の方から人のやって来る気配がしたので、まいは慌てて家の中に引っ込んだ。ゲンジさんだった。何か忘れ物でも取りに行ったんだろう、まるでちょっとした小山が移動しているように肩を揺らしながら歩いていった。

なめくじの這った跡に、一目で分かる白い帯がつくように、あの人の通った跡は、その生臭さに草木さえざわついてもう元には戻らない。おそらく清浄で冷たい夜露に晒され、朝の汚れない陽の光に干されるまでは。まいは苦々しくそう思った。

またゲンジさんが戻って来る気配がした。まいはリビングに移動した。そしてドアを締め、カーテンを引いて、籠城の構えをとった。

昼間カーテンを引かれたリビングは、全く別の部屋のようだった。まいはそこで辛抱強く嵐の過ぎ去るのを待った。そしておばあちゃんの救出を。じっとしていると、喉の奥がヒューヒュー鳴りだした。力を入れないとうまく息が吐けない。ああ、まただ。でも昼間

から始まるなんて。暗くしたから身体が夜と間違えているんだろうか。まいは繭のように
じっとして身体の様子をうかがった。

「まあ、こんなところにいたんですか」

ドアが開いて、光と共におばあちゃんが入ってきた。

「ゲンジさんと一緒に、お茶にしようと思っていたんですけど……」

「わたし、気分が悪いの。少し休んでいていい？」

と、まいは大慌てで言った。別に嘘をついているわけではないのがありがたかった。ただ、順序がちょっと逆だっただけだ。気分が悪くなったから、ここにいるのではなくて、ここにじっとしていて気分が悪くなった、という。でも、これは言わなくてもいいだろう。

「まあ。じゃあ、上のベッドで寝ていなさい。……暗いほうがいいの？　カーテンなんか引いて……」

おばあちゃんは心配そうにやって来て、まいの額に手を当てた。

「熱はないみたいですね」

「またゼイゼイいい始めたの」

おばあちゃんは眉をひそめた。

「カーテンにほこりがたまっていたんでしょうか」

「大丈夫。これはすぐ治りそう」

まいは弱々しく呟くと、屋根裏へ上がっていった。

「あ、そうそう、ゲンジさんが卵を持ってきてくれてたんです。あとで、いただきましょうね」

おばあちゃんが下からまいに向かって明るい声で叫んだ。

まいは階段の途中で立ち止まり、

「いらない」

と、そっけなく言って部屋に入った。

陽の光の差し込む部屋で、清潔な乾いたシーツにくるまって、昼間からベッドに入るのはとても気持ちが良かった。それに、ここにいれば、ゲンジさんと顔を合わせなくてもいいのだ。まいが窓のところまで行って鶏小屋の方でも見ない限り。喉の奥のヒューヒューは治まりつつあった。昨夜遅かったこともあって、まいは本当に眠くなってきた。

目を覚ましたときは、もう部屋の中が暗くなり始めていた。一瞬、朝なのか昼なのかわからなかった。ああ、そうだった、昼寝をしたんだ、ずいぶん長いこと眠っていたんだわ。まいは思い出した。何だか世界中でたったひとり取り残されたようで、心細く、寂しかった。ああ、またいつものホームシックがやって来る……と、まいは覚悟した。とりあえず、おばあちゃんを探そう。

おばあちゃんは台所で、何かぐつぐつ煮ていた。まいは心からほっとして、

「おばあちゃん」

と、声をかけた。おばあちゃんは振り向いて、

「ああ、びっくりしました」

と言ったが、あまりびっくりしたようには見えなかった。

「もういいんですか、まい。よく眠っているようだったから起こさなかったんですけれど
……」

おばあちゃんは火を止めて、まいの方へ近づいた。

「ぐっすり寝たから、すっきりした。もう何ともない。夕べいろいろ考えて寝るのが遅くなったから、あんまり寝てなかったの」

「それならいいんですけれど。昼寝をすると、夜は眠りにくいと思いますけど」

と言いながら、おばあちゃんはまいの髪をなでた。

「いろいろ考えたからね。これからは眠れるようになるかもしれない」

「それならいいんですけれど……」

おばあちゃんはもう一度そう言って微笑んだ。

それから二日過ぎ、まいはもう元の生活のリズムを取り戻していた。多少、脱線することがあっても、そういうふうにすぐに元に戻そうとする意志が働けば、まあ、魔女修行としては軌道に乗っているると、おばあちゃんは満足そうに言った。

あれから一度あの場所にも行ってみたが、以前と同じようにこぢんまりとして居心地が良かった。あそこではいつも自分に好意的な、暖かく包み込んでくれるような「場所の意志」というようなものが感じられて、まいは安心しきっていたのだ。あのとき感じた得体の知れない不気味さは、きっと何かの間違いだろう。まいはそう思おうとした。

おばあちゃんは、自分が心から聞きたいと願った声でない声が聞こえたときは、即座に無視するのだと言っていたけれど、わたしが何かの声を、心から聞きたいと思うことなんかあるのかしら。そんなうす気味の悪いことをわたしが願うことがあるなんて思えないけれど……。でもそういう能力もないと、本当の魔女は目指せないのかしら……。

鶏小屋は修復できていたが、まだ鶏は入っていなかった。

もしその気があったら、ゲンジさんが知り合いからチャボをもらってきてくれると、おばあちゃんが朝食のとき、まいに告げたが、まいはもうしばらく鶏は見たくない、と応えた。けれど本当は、ゲンジさんから、というのがいちばんひっかかったのかもしれない。

「でも、おばあちゃんが欲しかったらいいよ」

まいはおばあちゃんのためなら、多少のことなら我慢できると思っていた。

「そうですねえ……。あんなことがあったばかりですからねえ、もう少し、喪に服してからにしましょうか」

喪に服す、というのはまいには初めての言葉だったが、何となく意味はわかった。そして、まいの気持ちを表すのにぴったりの言葉だと思った。

食器を持って席を立とうとしたとき、おばあちゃんが、引き出しから封筒を取り出した。

「ああ、そうそう、後片づけはおばあちゃんがやっておきますから、まいはゲンジさんのところに行って、このお金を渡してきてください」

まいは一瞬心臓が凍りついたかと思った。黙って食器をテーブルに降ろし、封筒を受け取った。

「今?」

沈んだ声できいた。

「そうですね。ゲンジさんが出かける前がいいでしょうね」

おばあちゃんはまいの気持ちには全然気づいていないように思えた。今度は逃げられない。まいは覚悟を決めたものの気が重かった。

風の強い日だった。まいが前庭を通りかかったとき、乾いた砂ぼこりが風に舞った。これは修行のひとつなのだ。何者もわたしを動揺させることはできない。まいはリラックスしようと思った。ご飯を食べたり、掃除をしたり、洗濯をしたりするのと同じ日常の一つなのだ。わたしはおばあちゃんに言われて、野菜に水をやりに行く。わたしはおばあちゃんに言われて、この封筒を届けに行く。同じようなことだ。ほら、届ける家が見えてきた。後は渡して帰るだけだ。

猛スピードの車が、二台続けて走ってきたので、まいは道路の手前でちょっと立ち止まった。すぐ左の電信柱の下に、まだあの陰湿な気が漂っていると感じた。不快になるのは止めようがなかった。こういう、わたし自身を支配するような感情が生じないように、自分でコントロールできるようにならなければいけない。魔女修行とはそういうものなのだから。まいは自分に言い聞かせた。

車が走り去り、安全を確認してから、まいは振り切るようにずんずん道路を横断して、ゲンジさんの家の庭に入っていった。

「おはようございます」

まいは大声で家の中へ向かって声をかけた。納屋と母屋の間の通路で、一斉に犬が吠えた。通路の入り口に、鉄製の柵がしてあり、その境の所で数匹の犬が重なり合うようにしてこちらを見ている。玄関から、破れた障子と日に焼けてささくれ立った畳が見え、その向こうから二人の男が怪訝そうな顔をしてこちらをのぞいていた。一人はゲンジさんだった。もう一人は、ゲンジさんによく似た、まいの知らない人だった。

「あの、これを……」

まいは玄関の敷居ぎりぎりのところから封筒を差し出した。ゲンジさんは、立ち上がって封筒を受け取り、中を確かめると、

「おう」

と呟くように言ってうなずいた。確かに領収した、という意味らしい。奥の方で、もう一人の男が声をかけた。

「どこの子じゃ」

ゲンジさんは封筒を持ったまま奥に戻っていった。

「外人とこの孫じゃ。学校怠けて遊んどんじゃ」

「そいじゃ、おまえとよう似たもん同士じゃの」

二人の高笑いが響き、まいは屈辱と怒りと、それを抑えようとする力が一瞬交錯して、何が何だかわからなくなった。とにかく帰ろうとして、振り返ると、庭の片隅に薄茶色の

毛の吹きだまりが目に入った。まいはなぜかその家の庭を出るまでそれから目が離せなかった。

左右も見ずに道路を走ったので、そのとき車が通らなかったのはまいの運が良かったの
だろう。おばあちゃんのうちの台所に入るまでに、まいはあの毛の塊によく似たものを以
前見たことがあるのを思い出した。鶏小屋の金網に付いていたものとそっくりだ。まいの
心に、冷たくて暗い確信のようなものが走った。

「ご苦労さまでした」

おばあちゃんは布巾を干しているところだった。

「おばあちゃん、あそこのうちの犬の毛、このあいだ金網に付いていた毛とそっくりだっ
た」

まいは息を弾ませながら、早口で言った。

おばあちゃんはパンパンと布巾をたたきながら、

「金網？」

と、悠長にきいた。

「このあいだ、鶏が襲われたときに金網に付いていたの。薄茶色の……」

「いたちの毛も薄茶色ですよ」

「違う。わたし、絶対あそこの犬の毛だと思う。あそこの犬が夜中に抜け出して、うちの鶏を襲ったんだ」

まいは肩で息をしていた。

「でも、まいはそれを見ていたわけではないでしょう」

「見なくてもわかる」

おばあちゃんはため息をついた。

「まい、ちょっとそこへお座りなさい」

まいはテーブルについた。おばあちゃんも向かいに座った。

「いいですか。これは魔女修行のいちばん大事なレッスンの一つです。魔女は自分の直観を大事にしなければなりません。でも、その直観に取りつかれてはなりません。そうなると、それはもう、激しい思い込み、妄想となって、その人自身を支配してしまうのです。直観は直観として、心のどこかにしまっておきなさい。そのうち、それが真実であるかどうかわかるときがくるでしょう。そして、そういう経験を幾度となくするうちに、本当の直観を受けたときの感じを体得するでしょう」

「でも……」

「まいは自分の思っていることがたぶん真実だと思うのですね」

まいはうなずいた。

「あまり上等でなかった多くの魔女たちが、そうやって自分自身の創りだした妄想に取りつかれて自滅していきましたよ」

まいは一瞬おばあちゃんに敵意のようなものを感じた。闇の中の白刃のようにそれはきらりと光った。

おばあちゃんは見透したように、まいの手を両手で包んだ。

「まい、どうかわかってください。これはとても大事なことなのです。おばあちゃんは、まいの言っていることが事実と違うことだといって非難しているのではないのです。まいの言うことが正しいかもしれない。そうでないかもしれない。でも、大事なことは、今更究明しても取り返しようもない事実ではなくて、いま、現在のまいの心が、疑惑とか憎悪とかといったもので支配されつつあるということなのです」

「わたしは……真相が究明できたときに初めて、この疑惑や憎悪から解放されると思うわ」

まいは言い返した。

「そうでしょうか。私はまた新しい恨みや憎しみに支配されるだけだと思いますけれど」

おばあちゃんはまいの手を優しくなでた。

「そういうエネルギーの動きは、ひどく人を疲れさせると思いませんか？」

まいはきつくきつく奥歯を嚙んだ。それから何だか憑きものが落ちたように肩を落とした。そして、ポツンと言った。

「そう思う」

ひどい疲労感がまいを襲った。

「マイ・ディア」

おばあちゃんはテーブルの向こうから手を延ばしてまいの頰をなでた。

パパがやってきた。まいはパパに会うのはお正月以来だった。照れくさいようなうれしいような気もしたが、それよりも、パパが今の自分の状態をどう思っているのかという不安のほうが強かった。

パパの車が入ってきたとき、まいはちょうど前庭にいた。パパはまいを見つけるとうれしそうに降りてきた。

「やあ。元気そうだね」

まいは手にしていたじょうろを置いて駆け寄った。

「パパ、会社休んだの？」

パパはその長身で細身だけれど、どこか平べったい印象を与える身体《からだ》を反らして大きな伸びをした。

「うん。ちょうどよかったんだよ。まいのおかげで骨休めができる」

「おばあちゃんは台所にいるよ」

「よし、行こう」

パパはまいの肩に手を置いて歩き始めた。まいはパパの手が重かったので、さりげなく先に歩いてパパから離れた。

おばあちゃんは台所でパイか何かの生地をこねていた。

「ああ、いらっしゃい。疲れたでしょう」

「ここに来ると、本当にのんびりしますよ。まいがお世話になっています」

パパは頭を下げた。おばあちゃんはこねていたものをぬれ布巾でパッパッと包み、冷蔵庫に入れた。そして、手を洗い、やかんに水を入れ、火にかけた。

「まいがいてくれるおかげで、毎日楽しいですよ。私はずっといてほしいくらいなんですけれど……」

おばあちゃんはにやりと笑って、まいとパパの顔を見た。

まいは、おばあちゃんがわざと言っているのがわかったので、パパの顔を盗み見た。

パパは笑っていたけれど、顔はこわばっていた。

「パパ、お土産は？」

まいはパパの持っている紙袋を見ながらきいた。

「あ、そうそう忘れてた。これはママから」

と言って、パパは袋からチョコレートやクッキーの缶、芽キャベツなどを取り出した。

「まあまあ」

おばあちゃんはうれしそうに受け取って、冷蔵庫にしまいにいった。芽キャベツはおばあちゃんの大好物だった。パパは今度は別の大きな茶封筒を取り出し、まいに渡した。

「学校のプリント類だよ」

言われなくてもわかっていた。茶封筒は信じられないくらいずっしりと重かった。

「それから、これが本物のお土産」

パパは赴任先のT市のお菓子を渡した。今風のモスグリーンのきれいな包装紙で、かけてあるひもも細く繊細な金糸で美しかった。

「きれいですね。何が入っているんですか」

おばあちゃんがトレイにお茶の準備をして持ってきた。

「お菓子です。一応和菓子なんだけれど、中がカスタードクリームなんです」

「まあ。ありがとうございます。まい、いただきましょう」

パパは、たぶんおばあちゃんが外国の人だから気を利かしたんだろうけれど、もし、そうだとしたら、パパは未だにおばあちゃんのことがよくわかっていないんだ。まいはそう思った。これはおばあちゃんの趣味ではない。おばあちゃんは、たとえ自分の口に馴染んでいないものであっても、その土地に深く根ざした本物のほうがいい人なんだ。

お菓子は、カスタードクリームがふわふわとしたスポンジ地にくるまれていてそれなりにおいしかったけれど、まいにはあまりに軽くて甘くて、捉えどころがなかった。おばあちゃんのどっしりとした、香辛料やドライフルーツの入ったお菓子に慣れすぎていたからかもしれなかった。

おばあちゃんは、真面目な顔で何か神聖なものでも口にしているように黙々と食べていた。

まいは何か緊張した空気を感じた。

突然、パパが改まった口調で切り出した。

「ママとも話したんだけれどね。もうそろそろ三人一緒にT市に住もうかと思うんだ。どうだろう」

これはまいの全然予想していなかった展開だった。まいが口を開くより先に、おばあちゃんがパパの方を向いて確かめた。

「じゃあ、ママは仕事をやめるんですか」

「彼女はそうしてもいいと言っています」

「学校は？」

まいは自分でもびっくりするくらい大きな声を出した。

「転校することになるね」

パパは真面目な顔をして答えた。

まいは、パパとおばあちゃんが自分の反応を確かめようと、一瞬息を詰めるようにしてこちらをうかがっているのを感じた。どう反応していいのかわからなかった。

単純に考えると、あんなに嫌な学校に行かなくてもいいのだったら喜んでもいいはずだった。でも、まいは自分でも意外だったのだけれど、これは何か違う、という感じがして落ち着かなかった。

「今すぐ決めないとだめ？」

パパはてっきりまいが喜ぶものと思っていたのだろう、ちょっと驚いたようだった。

「え？　うん、そうだね。パパは今夜ここに泊めてもらって明日帰るから、それまでにまいの気持ちを聞かせてもらえるかな？」

「わかった」

まいはうなずいた。

「それはそうと、せっかく車で来たんだから、町の方までドライブしてみようか」

パパはにこにこしながら提案した。

まいの顔がパッと明るくなった。

「本当？　おばあちゃんも？」

「もちろん」

おばあちゃんは微笑んで、近くにあったペンとメモ用紙を取った。

「ありがたいけれど、いろいろ用事もあるので、久しぶりに二人で行ってらっしゃいな。その代わりと言ってはなんだけれど、買物をしてきてくださいい。今日はパパの好きなキッシュを久しぶりに焼こうと思っていたんですけれど……」

わあ、と、まいとパパは同時に声をあげた。

「さっきこねてらしたのがそうですか？　だったらいいなあと、実は思っていたんですよ」

「いい勘ですね。では、マッシュルームと、赤ピーマン、卵に牛乳……と。ああ、それからベーコンと……」

おばあちゃんは、思いつくままに書き連ねた。まいはそれを受け取り、早速立ち上がった。

「じゃあ、行ってくるね、おばあちゃん」

「え？　もう？」

パパは慌ててお茶を飲み干して立ち上がった。

「楽しんでいらっしゃい」

まいとパパはおばあちゃんに見送られて車で出発した。

「まいは本当に日に焼けて元気そうになったね」

パパは車を運転しながらうれしそうにまいに言った。

「え？　黒くなった？」

「健康そうになったよ。まるでハイジみたいだ」

「え？」

「ほら、町で病気になったハイジが、山に帰ってすっかり元気になるところがあるだろう？」

「ああ、そうだね」

なるほど、そっくりだ、とまいは心の中で思った。

町まで車で三十分ほどかかる。車に乗るのは久しぶりだったので、まいは窓の外の変わりゆく景色を存分に楽しんだ。急に開ける見晴らしや、青々とした麦畑、飛び交う鳥、少し下っていって木々の間を流れる川やそれに沿うようにしてある田んぼ。窓からの風。

「T市に行くと、今のように頻繁にはおばあちゃんの家に来れなくなるかもしれないけれど……」

「新幹線を使ったら三時間くらい？」

「そうだね。でも、ここは駅からだいぶ離れているから、T市駅までの時間、新幹線の待ち時間、駅からおばあちゃんの家までの時間を入れたら、結局半日はかかって車で行くのとあまり変わらないよ」

「……そうか」

まいは、まだ生まれてからそんなに長い年月をこの世で過ごしたわけではなかったけれど、この窓から広がる風景がとても貴いものだと本能的に知っていた。

いつまでもこのままではいられないのだ。田んぼの向こうに一列に並んで、一様にてっぺんを風に吹かれている杉の木や、その向こうを流れる少し暗い川、緑の山、白い雲、更に続く青い空。まいは何だか切ないような懐かしいような気持ちでこの風景に見入っていた。

「おばあちゃんはね、ママが仕事をやめることについては大賛成なんだよ」

パパは確信ありげに言った。

「どうしてわかるの？」

「おばあちゃんは、女の人は家にいて家庭を守るべきだって考えの人なんだ。たぶんね。パパとママが結婚するときも、おばあちゃんはママに仕事をやめた方がいいんじゃないかと言ったんだけれど、ママはやめなかった。ママはそのころ、おばあちゃんの考え方に反発していたんだよ」

パパは、当時ママがおばあちゃんに押しつぶされそうな気がする、と言っていたことは話さなかった。けれど、ママがおばあちゃんに反発していたというだけでもまいには驚きだった。

「おばあちゃんとママはとても仲が良さそうだから、そんなことがあったなんて考えたこともなかったわ」

「もちろん仲はいいよ。ただ、おばあちゃんが立派すぎたのかな。パパもおばあちゃんのことは尊敬しているけれど、時々、今の時代の流れがわかっていないんじゃないかなっていう気はするね」

パパの向こうには、確かにコンピューターやコピーの情報の山、流れ出るファクスの川が感じられた。それは、かつては少年だったことのある痩せた顔に、疲労のしわとかすかな隈をつくっていた。けれども、それにはいつでも直面できるリアルな社会の確かさもある。それは、まいが山の向こうに置いてきたものだ。

「パパが単身赴任を始めてもう一年になるだろう。そろそろ何とかしないといけないなと思っていたんだ。でも、ママに言い出しにくかったんだ。だから、まいのことがきっかけで、このことが言い出せて、パパとしてはまいに感謝している……って言ったら変かな」

「変だね」

まいはうなずいた。峠の坂道を降りきったところにある最初の信号が見えてきた。それが黄色だったので、パパはゆっくり減速してふわりと止めた。ママの車はいつも急に止まるので、身体がカックンと前に揺れるけれど、パパの車は本当にゆっくりと止まる。

まいは深く呼吸して息を整えた。

「あのね……」

「何だい？」

「覚えてる？　パパ。ずーっと前に、わたしが、人は死んだらどうなるのって聞いたときのこと」

「そんなこともあったかなあ。で、パパは何て答えたんだい？」

まいはあきれてしまった。でも辛抱強く教えてあげた。

「人は死んだらそれまでだって言ったのよ」

まいの声がひどく低くて恨みがましく聞こえたので、パパは思わず吹き出した。

「それは、そしたらずいぶん前のことだろうね。そのころはそれが常識だったんだよ。でも、今は正直に言うと、よくわからないんだ。いろんなことを言う人がいるからね。最近では、死んだらそれまでっていう考えは、あんまり流行《はや》っていないみたいだね」

信号が青になった。パパは止まったときと同じようにゆっくりとアクセルを踏んで発進した。

「流行っていない……」

まいはぼんやりと繰り返した。


おばあちゃんのキッシュは素晴らしくおいしかった。パパはドライブのときに買ってきたビールを飲んで、すぐに眠そうにしていたので、おばあちゃんはまいに屋根裏のまいのベッドに案内するように言った。

「シーツを持っていって、ベッドメイキングしてください。まいはおばあちゃんの部屋にお布団を敷いてあげますから」

まいはうなずいて立ち上がり、パパを促した。

「さあ、パパ行こう」

「すみません。このところ、ほとんど眠ってなかったんです」

「大変でしたね。どうぞゆっくり休んでくださいね」

「ありがとう。おやすみなさい」

「おやすみなさい」

まいは廊下の途中にある戸を開けて、中からシーツを二枚取り出した。

「こんなところに棚があるなんて知らなかったよ。見事なもんだな。バスタオルやタオルもみんなきちんと畳んであって。まいも手伝うのかい？」

「そう。みんな畳み方が決まっているんだよ。並べたときにきれいなように」

まいはちょっと誇らしかった。

「大したもんだ」

パパはポンポンとまいの頭を軽くたたいた。屋根裏のまいの部屋のドアの前で、パパはちょっと立ち止まり、おじいちゃんの部屋のドアに手を置いた。

「パパはおじいちゃんが大好きだった。ママはあまり石に興味がなかったので、パパとママが結婚することになると、おじいちゃんは会うたびにパパに石のことを教えてくれた。本当の息子のようにね。おじいちゃんは、石のこととなったら、まったく子供のように目を輝かせて夢中になるんだ。一緒に山を歩いていて、急に立ち止まって石を拾って、しげしげと見ていたと思ったら、あっという間に口の中に入れて、もぐもぐやりだしたこともあったよ」

「……食べたの？」

「いや、そうやって、石を鑑定するんだよ」

「……」

「パパはおじいちゃんが好きだったよ」

パパはうつむいてポツンと言った。

それから、顔を上げて、まいの部屋に入り、まいが手早くベッドメイクするのを目を丸くして見ていた。

「驚いたなあ。ついこの間まで赤ん坊だった子が、もうこんなことまでできるようになるなんて。おばあちゃんに授業料を払わないといけないなあ」

まいは最後にベッドの四角《よすみ》をポンポンとたたいた。

「はい、出来上がり。じゃあ、パパ、おやすみなさい。今日はありがとう」

「こっちこそ楽しかったよ。ありがとう。おやすみ」

まいは何だか一人前の主婦になったような気分で意気揚々と台所に帰った。台所ではおばあちゃんが、余ったキッシュを包みながら後片づけをしていた。

「これは明日ママにお土産に持っていってもらいましょうね」

「ああ、そうだね。ママ、喜ぶよ、きっと」

まいは洗い場に立ち、腕まくりして皿を洗い始めた。おばあちゃんはその横で、まいの洗ったお皿を布巾で拭いた。

「転校のこと、どう思う？　おばあちゃん」

「そうですねえ、基本的には家族は一緒にいたほうがいいと思いますけれど……」

「パパったら、自分が言ったことも覚えていなかったんだよ。ほら、死んだらおしまいっていう……」

「ほほ、まいは怒りましたか？」

「怒る気もしなかったよ、もう。死んだらおしまいっていうのは、最近流行らないんだって。だから自分でも今はよくわかんないんだって」

おばあちゃんは笑い転げた。まいもつられて吹き出した。

「あんまり無責任じゃない？　ひどいよね。父親の自覚のない人なんだ」

「まいのパパはいつだってそのときの自分に正直なんですよ。まいに対しても、一人の人間として、対等で誠実でなければならないと思っているんです」

おばあちゃんはたしなめるように言ったが、笑いすぎて目に涙を浮かべたままだったので、あまり効果はなかった。

「まあ、悪い人じゃないよね。ただ、ちょっと想像力がなかったんだな。自分がこう言ったら、年端のいかない娘はどう思うかっていう……」

「そうですね。でもその手の想像力の欠如している人って世の中には多いですよ」

「知ってる」

まいは短く言って、洗い桶の中の水をざっとこぼした。おばあちゃんも最後の皿を拭き終わると、使った布巾を洗って干した。

「後はおばあちゃんがやっておきますから、まいはもう寝る準備をしなさい」

まいが歯を磨いたり、パジャマに着替えたりしておばあちゃんの部屋の布団に入ると、おばあちゃんもすぐにやって来て電気を消し、まいの隣の布団に入った。

「早かったね。おばあちゃん」

「まいが手伝ってくれたので、もうすることはありませんでしたよ」

「ねえ、おばあちゃん」

「はい?」

「何でパパはわたしが学校に行かないのか聞かないんだろう」

「ママは聞きましたか?」

「ううん。そういえばおばあちゃんも聞かなかったね」

「みんな、まいのことを信頼しているからでしょう。まいが行かないと言うからには、きっとそれなりの理由があるからだとみんな思っているんですよ」

まいは布団をあごまで引き寄せた。

「女子の付き合いって、独特なんだよね」

まいは、ぼそぼそとそう言うと、ためいきをついた。

「クラスの最初にバタバタッて幾つかのグループができるんだ。そして休み時間に一緒にトイレに行ったり、好きなスターの話とかするんだけどさ」

「大変ですね」

「その波に乗ったらそんなに大変じゃないんだよ。最初気の合いそうな友達のグループに入るまでがすごく気をつかうけれど。去年まではわたし、すごくうまくやれたのよね。でも、何だか今年は、そういうのが嫌になったんだ」

「グループに入るのがですか？」

「うん。グループができるときの心理的な駆け引きみたいのがね。グループになりたいなって思う子の視線を捉えてにっこりするとか、興味もない話題に一生懸命相づちを打つとか、行きたくもないトイレについて行くとか。そういうのが、何となくあさましく卑しく思えてきたんだ」

「わかりますね」

「それで、今年はもう一切そういうのやらなかったんだ。そうしたら、去年まで仲が良かった子まで、ほかのグループに入っちゃって、結局一人になっちゃったんだ」

「他のグループに入った子は、もう、まいと仲良くできないんですか？」

「できないんだよ」

まいはおばあちゃんの方に向きを変えた。何だかステレオの使い方を教えているような気分だった。

「その子がわたしと話をしたいと思っても、そのグループの子が呼んだらすぐそっちに行かないといけないんだ。つまり、どっちを大事に思っているかという忠誠心がそこで問われるんだよね」

「難しいんですね」

「けっこうね。でも、わたしはその子のことを恨んでいないよ。だって無理ないもの」

まいは淡々と醒めた声で言った。

「そういうグループ同士では交流はないんですか？」

「敵対するところもあったり、わりとグループ同士仲がいいところもあったりするんだけれど、今度のわたしのクラスは、珍しいことにそれぞれのグループがお互い友好的になろうとしたらしいんだよね」

「そういうことも可能なんですか？」

「うん、簡単だよ。みんなで、だれか一人を敵に決めればいいいんだもの」

「……」

これだけ聞けば十分だった。

おばあちゃんは深いため息をつき、まいはしばらく黙り込んで気持ちを落ち着けた。泣かなかったのは我ながら上出来だと思った。

「それでね、明日までにパパに転校の返事をするって言ったから、ずっと考えていたんだけれど……」

「魔女は自分で決めるんですよ。わかっていますね」

おばあちゃんは人さし指でまいのおでこをつっついた。

「うん、わかってる。でもちょっと聞いて」

「はいはい」

「たとえ転校してあのクラスからは抜け出せたにしても、いちばん根本的な問題は解決しないんだよ。だから、何か素直に喜べないのよね。敵前逃亡みたいで、後ろめたいんだ」

「根本的な問題の解決なんて、まいのような新米の魔女見習いには無理ですよ。この場合の根本的な問題は、クラス全体の不安ですからね。クラスのみんながそれぞれ不安なんですよ」

「でも、わたしの問題もやっぱりあると思う」

まいは、けなげにも言い切った。

「わたし、やっぱり弱かったと思う。一匹狼で突っ張る強さを養うか、群れで生きる楽さを選ぶか……」

「その時々で決めたらどうですか。自分が楽に生きられる場所を求めたからといって、後ろめたく思う必要はありませんよ。サボテンは水の中に生える必要はないし、蓮の花は空中では咲かない。シロクマがハワイより北極で生きるほうを選んだからといって、だれがシロクマを責めますか」

これは説得力があった。でも、まいも負けてはいなかった。もうまいはほとんどおばあちゃんに遠慮することはなくなっていた。

「おばあちゃんはいつもわたしに自分で決めろって言うけれど、わたし、何だかいつもおばあちゃんの思う方向にうまく誘導されているような気がする」

おばあちゃんは目を丸くしてあらぬ方向を見つめ、とぼけた顔をした。

次の日、パパが起きてきたのはまいたちがお昼をすませた直後だった。パジャマのままぼーっと降りてきたパパを見て、おばあちゃんはまいそっくりと言って笑った。まいはちょっとふくれてみせた。パパは照れくさそうに笑ってテーブルについた。

「本当にゆっくり眠れました。まい、ありがとう」

まいは早速パパの食事の支度をし始めた。おばあちゃんはパパと顔を見合わせて微笑んだ。

「それで、結局、まいはどうしたいんだい？」

パパはお茶を飲みながらまいに聞いた。今度はまいがおばあちゃんと顔を見合わせた。

「やっぱりママと一緒にパパのところに行くよ」

パパの瞳が輝いた。

「そうかい。やっぱり」

まいはパパのうれしそうな顔を見て、やっぱりこれでよかったんだと思った。新しい学校がまいにとっての「北極」であるかどうかはわからないけれど、試してみる価値はある。そこを魔女の卵としての自分の秘かな修行の場とするのだ。まいはそう決心したのだった。

「手続きなんかもあるし、なるべく早いほうがいいね」

「パパ、わたし、自分で学校の下見をしたいんだけれど……。自分で学校を選びたいんだ」

「おお、何という生活に対する前向きな姿勢だ。いいぞ、いいぞ」

パパは上機嫌だった。

おばあちゃんは、その間に、畑から採ってきた野菜を段ボールに詰めたり、ハーブを束にしたりと、せわしなく動いていた。

そして以前、まいとつくったジャムの瓶と、昨夜のキッシュをきれいな箱に入れながら、

「このジャムはまいがつくったんですよ」

と、自慢そうに言った。パパは感嘆した。

「まいはすっかり、りっぱなカントリーガールになったなあ」

おばあちゃんの理想の、という言葉をのみこんだ。

未来に明るく開けた展望を持って、パパはママのところに帰っていった。まいとおばあちゃんは庭に出て見送った。

夕方の虫たちがいつになく慌ただしかった。

蟻は行列をつくって大移動しているし、小さな蝿の仲間や蜂たちもひっきりなしに飛び回っていた。

西の方からは、濃い灰色の雲が流れてくる。

「何だか雨になりそう」

おばあちゃんが呟いた。

次の朝、目を覚ますとやはり雨だった。明け方、夢うつつの中で雨の音が聞こえていた。窓から庭を見ると、草木が少しうつむいて柔らかな雨に打たれていた。

まいの周辺がにわかに落ち着かなくなった。二、三日のうちにおばあちゃんのところを引き払って、引っ越しの準備にかからなければならない。ママからの電話もしょっちゅうくるようになった。

T市に行けば、もうそんなにここにも来れなくなるだろう。まいも、おばあちゃんも、口には出さなかったがそのことはよくわかっていた。

まいは雨が少し小やみになったのを見計らって「あの場所」に出かけた。そしていつもの切り株に腰を下ろして、外界から隔絶された空間を確かめた。すると、前方の竹藪の辺りで、藪が不自然な動きをした。鳥でもいるのかな、とまいが目を凝らすと、何とそれは、くわを持ったゲンジさんだった。

まいは仰天した。心拍数が一気に跳ね上がった。ゲンジさんはまだこちらには気づいていないらしかった。くわで無心に竹藪との境の段のところを切り崩している。あれは何をしているのだろう。あれは……わたしの土地を侵して、自分の土地を広げているのだ。まいはそう気づいた瞬間、身の毛がよだつくらいぞっとした。思わず立ち上がった。すると、こちらに気づいたゲンジさんと目が合った。瞬間、ゲンジさんはさすがにバツが悪そうな顔をしたが、すぐににたりとした。そしてまいの燃えるような憎悪を感じてか、

「竹の子を掘っとんじゃ」

と珍しく弁解した。

まいは思いっきりにらみつけると、物も言わずにその場を走り去った。

「おばあちゃんっ」

血相を変えたまいの様子に、畑にいたおばあちゃんは急いで戻ってきた。

「どうしたんです?」

おばあちゃんは、とりあえずまいをテーブルにつかせ、話を聞いた。聞き終わると、まだ肩で息をしているまいの隣に座り、背中をなでた。

「魔女修行のこと、忘れましたか、まい」

まいは、あっと小さく声を出し、それからぐっと何かをのみこんだような気分になった。

「そんなに動揺してどうしますか。まるで殺されかけたような顔をして」

まるで殺されかけたような気分だったのだ、とまいは思った。あんな、粗野な嫌らしい人間に、自分の聖域を侵略されていく気持ちはたまらなかった。

「でも、どんなことがあったって、わたしがあの人を嫌だと思う気持ちは抑えようがないわ」

まいは、このことだけはおばあちゃんに一歩も譲るつもりはなかった。

「ゲンジさんは竹の子を掘っているんだと言ったんでしょう。だったらそれでいいじゃありませんか」

「そんなことが本当なわけないじゃないのっ」

なぜ、おばあちゃんにはこのことがわからないんだろう。なぜ、おばあちゃんはあんな卑劣で、下品な男と付き合うのだろう。あの男に関しては、おばあちゃんはまるで見知らぬ他人のようになって自分から遠ざかってしまう。まいはいらだち、寂しく、泣きたかった。そしてかろうじて言った。

「あれは犯罪だわ」

おばあちゃんは黙っていた。

「あんなことをいつまでもやらせておいたら、あの土地は全部とられてしまうわ」

おばあちゃんはまいを見て微笑んだ。

「楠があるでしょう？　あと、栗の木やいろいろありましたね。あそこを越えてまでは来ませんよ。たとえ、ゲンジさんが本当にまいの言うようなことをしているのだとしてもね」

おばあちゃんは、反論しようとしていたまいを軽く制して更に続けた。

「それにまいは、ゲンジさんにとても失礼だったと思いますよ。挨拶もせずに帰ってきたんでしょう？　そんなことをされたらひどく傷つくと思いますよ」

まいは唇を噛んだ。じゃあ、あの人が今までわたしにしてきたことは何なの？　おばあちゃんは何にも知らない。あの人が陰でおばあちゃんのことを何て言っているのかも。でも、そんなことはおばあちゃんには言えない。わたしにはそんなことは言えない……。

「わたしはそういうことに動揺せずに、平気になんか、絶対なれない。わたしはあの人を好きになんか、絶対なれない。あんな汚らしいやつ、もう、もう、死んでしまったらいいのに」

「まいっ」

おばあちゃんは短く叫んでまいの頰を打った。瞬間の出来事だった。まいはあっけにとられた。それから涙がじわりとわいてきた。

「おばあちゃんは、わたしよりあの男のほうが大事なんだ」

必死でそれだけ言うと、立ち上がってバタバタと屋根裏の自分の部屋に駆け込み、ベッドに飛び込んで頭から布団を被った。

おばあちゃんはひどい。わたしをこんな屈辱的な目に遭わせるなんて。それも、あんな男をかばうために。おばあちゃんはひどい。こんなに野蛮な人だとは思わなかった。それもこれもみんなあの男のせいだ。あの男さえいなかったら、おばあちゃんとわたしは本当にうまくいっていたのに。あんな男は生きている価値がないんだ。ああ、悔しい……。

まいはやがて泣き疲れて、そのまま眠ってしまった。

夜中に物音で目を覚ました。おばあちゃんがそうっとドアを開ける音だった。まいは少し決まりが悪かったけれど、ちゃんと気がついているんだということを示すためにも声をかけた。

「今、何時?」

静まりかえった部屋に、その声はぶっきらぼうに響いた。おばあちゃんはささやくような声で答えた。

「十一時です。お腹減ったでしょう。下へ行って何か食べませんか?」

そのとき、本当にタイミングよくまいのお腹が鳴った。奇妙な、長い響きで。おばあちゃんは思わず吹き出した。まいも吹き出す感じになったのだが、顔がこわばって変なしかめ面になった。降りていくしかなかった。

　トマトスープと、バナナとりんごにヨーグルトをかけたサラダがテーブルの上においてあった。おばあちゃんは手早くスープを温めなおし、薄く切ったトーストを焼いた。まいはふくれっ面をしてしゃべらなかった。おばあちゃんはまるでまいが風邪でもひいているかのように優しかった。まいは、こんなことにはだまされないぞ、というかたくなな思いと、また前のような暖かな生活を続けたいという思いが交錯してどうしていいのかわからなかった。

　食べ終わり、部屋へ戻ろうとするまいに、おばあちゃんは背中から声をかけた。

「ナイ、ナイ、スウィーティ」

　まいは振り返り、思い切って言った。ずっと遠くに離れてしまったボートに必死でロープを投げるように。

「でも、おばあちゃんだって、わたしの言った言葉に動揺して反応したね」

　おばあちゃんはにやりと笑って片目をつぶった。

「そういうこともあります」

次の日も朝から雨だった。内も外も静かだった。部屋の中にいると、腐葉土《ふようど》に落ちて浸み入っていく雨の音が聞こえるようだった。そしてそれが心にも浸み入って、まいは傷ついた小動物のようにじっとしていた。

少しずつ小雨になり、午後からは雨もやんだ。それでもいつ降り出してもおかしくない空模様だった。まいはおばあちゃんに声をかけてから裏山に出かけた。明日はもうここを去らねばならないのだった。

腐葉土がたっぷり水を吸い込んでいたので、踏みしめるつど、滑らないように気をつけなければならなかった。けれども「あの場所」の入り口まで来て、やはりまいは入るのをためらった。

小道の奥の杉林の方から、霧がゆっくりと這ってくる。まいは何となくそちらに足を向けて歩き出した。向こうにはもっと明るい落ち着いた悲しみの世界が広がっているような気がした。

まいは、何だかもっとしみじみと悲しみたかったのだ。針葉樹林の中を歩いた。この林の向こう側は沢になっている。霧はそこから立ち昇るのだ。晴天のときとはまた違う、どこかひそやかな草いきれが、細かな緑色の水の粒子となってまいの肌の毛穴や鼻孔に浸み込んでいく。

ここはいつか来たことがあるような気がする、とまいはぼんやり思った。

ふと、急に空が明るくなって陽が微かに射し込んだ。同時に何かとても甘やかな匂いがして、まいはその方角に瞳を凝らした。

沢の向こう側の山の斜面に、二、三十メートルはあろうかと思われる大きな木が、これもまた、二、三十センチはありそうな白い大きな花を、幾つも幾つもまるでぼんぼりを灯すようにしてつけているのが目に入った。花は泰山木を一回り大きくしたようでもあり、蓮の花のようでもあった。

そうだ、あれは空中に咲く蓮の花だ。おばあちゃんは、蓮の花は空中には咲かないと言っていたけれど。霧の中で夢のように咲いている。まいはすっかり魅了されて動けなかった。ああ、おばあちゃんの言うとおり、人間に魂があるのなら、その魂だけになってあの花の廻りをふわふわと飛遊していられたらどんなに素敵だろう。

引かれる気持ちが強すぎて、まいは怖くなった。例の、「自分が心から聞きたいと願ったわけではない声」が、また聞こえてきそうな気がしてきた。きびすを返してそこを立ち去ろうとし、まいは足を滑らした。そして大きく段がついているようになっている、穴の中に落ちてしまった。けがはしなかったが、すっかり泥だらけになった。立ち上がろうとして、まいは、あっと目をみはった。

穴の脇は更に深い洞のようになっていて、その一面に美しい銀色の花が咲いていたのだ。暗い林の奥の、そのまた暗い、ほとんど陽も届かないはずの場所に。その植物は、二十センチくらいの、葉を持たない銀白色の鱗をつけた茎の先に、やはり銀細工のような小さい蘭に似た花をつけていた。それが何十本となく、まるで茸かつくしのように地面から生えているのを見るのは不思議な光景だった。

まいはそこでしばらく我を忘れて見入っていたが、やがてかさこそと木々の合間を縫って雨の落ちる音を聞き、立ち上がった。膝が痛かった。その不思議な美しい花を一本採り、穴から出た。

台所の裏庭のところで、傘を持って出かけようとしていたおばあちゃんに会った。たぶん、雨が降りだしたのでまいを迎えに行こうとしていたのだろう。おばあちゃんは泥だらけのまいの様子を見て駆け寄った。

「どうしたんです。こんなに汚れて。けがはありませんか?」

「わたし、見たこともない花、見つけた。新種かもしれない」

まいは声が上ずらないように気をつけた。まだ完全におばあちゃんと和解したわけではないのだから。ああ、こういうことって、なんてわずらわしいのだろう。おばあちゃんは一瞬キョトンとしたが、すぐにうれしそうに、

「まあ」

と言ってその花を受け取った。

「これは銀龍草《ギンリョウソウ》です。私も今年初めて見る。まいはあの穴に落ちたのですね。さあ、とにかく中へ入って着替えなさい」

まいは、それが新種の発見でなかったので、ちょっとがっかりした。とりあえずシャワーを浴び、着替えて台所に入ってくると、銀龍草は一輪差しに生けられて、おじいちゃんの写真の前に飾ってあった。おばあちゃんはまいに熱い紅茶をいれてくれた。

「これはおじいちゃんの大好きな花でした。おじいちゃんはこの花を鉱物の精と呼んでいました。だから、毎年この時期になると、こうやって写真の前に飾ってあげるのです。まいが小さかったとき、一緒に採りに行ったこともありましたよ。でも、今年は」

おばあちゃんはおじいちゃんに話しかけるように呟いた。

「まいが一人で採ってきてくれました」

まいは紅茶を飲みながら聞いた。

「毎年この時期だけ咲くの？」

「そうです。雨がたっぷり降って、地が水を吸い込むとき、毎年甦るのです。この花には太陽は必要ではないのです」

「それから、沢の向こうに、大きな白い花をいっぱいつけた木があったよ」

「ああ、それは朴《ほお》の木です。その花は陽の光を浴びて開きます。少し古くなると開いたままですが、陽がかげると閉じ、陽が射して明るくなるとまた開くのです。朴の木が咲くと匂いでわかります」

「何か、甘ずっぱい匂いがしていた」

「そうでしょう。何だかふらふらと誘われていきそうですね」

まいは銀龍草を見つめた。――鉱物の精。光の届かない地の世界の美。まいには、それが何だかおじいちゃんからのプレゼントのように思え、すぐそばにおじいちゃんが寄り添ってくれているように感じた。そんな不思議な存在感が――まいとおばあちゃんと共に、もう一人のだれかが静かにお茶を飲んでいるような――その日のそのときの台所のテーブルの辺りにはあった。


いよいよまいが、おばあちゃんの家を去る日は、昨日までとは打って変わって晴れ渡った穏やかな日だった。迎えにきたママは、まいが少し元気がないことに気づいたが、おばあちゃんと別れるからだろうと思った。おばあちゃんはママに本当に仕事をやめるのかと尋ねた。ママはまいが台所ドアとドアの間にいるのを確かめてから言った。

「パパとも相談した結果なの。家族がバラバラで、私が仕事を持って忙しくしているっていうのは、かなりまいには負担だったんじゃないかって。それでとりあえず、私が仕事をやめてT市へ行くのがまあ、いちばん妥当な線だと思うのね」

「よく決心しましたね」

「まあね、私には何がいちばん大切かっていう優先順位を考えたわけ」

おばあちゃんはにやりと笑った。

「考えないと分からないんですか」

その笑いがママの気に障った。

「言っておきますけれどね。私はこれで一切仕事をやめるつもりじゃないんです。おばあちゃんのような生き方は私にはとてもできないわ。私は私の人生を生きるし、おばあちゃんだからといって私にもまいにも自分の生き方を押し付けることはできないはずよ」

おばあちゃんは寂しそうに微笑んだ。

「確かにもうオールド・ファッションなのかもしれませんね」

言うまでもなく、このやりとりの一部始終は、まいにも聞こえていた。まいはヒメワスレナグサに最後の水やりをしていたのだ。おばあちゃんの言葉があまり寂しそうに聞こえたので、まいはいたたまれなかった。ママもさすがに胸が痛んだらしかった。

「どうしたの。今のはおばあちゃんらしくないわ」

「どういうのが私らしいのですか？」

「いつも自信に満ちているのよ」

まいは本当にそうだと思った。おばあちゃんはいつも自分がそのときやるべきことがわかっている。庭の草木のように確かな日々を暮らしている。それに比べてまいはいつも不安で自分のやっていることに自信がない。

しばらくしてみんなで、ここに来た最初の日と同じように、サンドイッチをつくって食べた。ママはまいがキンレンカの葉を抜かずに食べているのに気づいたけれど、口に出しては言わなかった。

最後に車に乗っておばあちゃんにさようならを言うとき、まいは泣きたかった。おばあちゃんとの別れが悲しいというより、自分の心にあるしこりの重さがつらかった。おばあちゃんは、心配そうな悲しそうな顔でまいを見つめた。まいにはわかっていた。おばあちゃんはまいに言ってほしいのだ。あの事件以前のように、「おばあちゃん、大好き」と。けれど、まいには言えなかった。

車が発進し、門を出て、小道を曲がり、見えなくなっても、まだまいはおばあちゃんの訴えるような視線を感じていた。

あれから二年たった。まいは毎日学校に通っている。

新しい学校にも、もちろん派閥のようなものはあったが、前の学校ほど徹底はしていなかった。それにまいには、新しい友達ができたのだった。その子の名前はショウコといった。

ショウコは独特のセンスと価値観を持った子で、まいは一緒にいるだけで楽しかった。歯に衣を着せぬ物言いをする子だったが、悪意はないし、言っていることは大抵筋が通っていた。けれど何となくクラスからは浮いていた。

もっとも、ショウコには群れは必要なかったのだ。ショウコはいつもまっすぐ立っていて、正面から見つめた。ショウコが爪を切ったとしたら、その切られた爪の一部でさえショウコ以外の何者でもないのではないかと思われるほど、その個性は清潔に際立っていた。まいは転校してすぐに、ある出来事からショウコと親しくなった。以来ずっと何をするにも、何となく二人寄ってしまうのだった。

魔女修行のほうも忘れたわけではなかった。まいは今でも自分で決めたことは、何にしても黙々と最後までやり抜くべく努めるようにしている。そういうふうに努力することで、何とかおばあちゃんとの糸が切れないようにしていたのかもしれない。

おばあちゃんのことを思うと、いつも胸が痛んだ。あのときゲンジさんのことをあんなにひどく言ったのは、自分でも止めようのなかった感情の「流出」だったとまいは今でも思う。（「流出」という言葉は最近本で覚えた。でも実生活で使ったことはないので、まだ自分の言葉という気がしていない）後悔も反省も今はまだするつもりはない。けれど、おばあちゃんにとっても、まいにああいう手荒なことをしたのは、やはり止めようのなかった感情の「流出」だったのではないだろうか。おばあちゃんだって、魔女である前に人間なのだ。まいは、おばあちゃんと離れてからそんなことを考えるようになった。

確かにまだ、おばあちゃんのことを許せないとがんばる部分が心のどこかにあるけれど、そういう状態を心の中に保つのはけっこうエネルギーが要る。まいは何だか面倒くさくなっていた。それに……わたしが最後におばあちゃんに対してしたこともひどかった。ああいう別れ方でおばあちゃんをひとりあそこに残して去ったのは、もしかするとひどく残酷なことだったのではないだろうか。

ようやく想像力の翼がそこまで達すると、まいは何だか重い気分になってくる。自分がされたことよりも、自分のしたことのほうが、はるかに許しを請うべきことのように思えて。思い切って、今度おばあちゃんに会ったら、こういうことを全部話してみよう。手の内を全部見せて、おばあちゃんに委ねるのだ。そうしたらおばあちゃんはまたにやりと笑って、まいが安心して夜ぐっすり眠れるようなことを話してくれるだろう。

まいはいつも自分にそう言い聞かせた。ただ、最初会うときと、こういうことを話し出すまでがちょっと気が重いけれど……。

それまでは、まいはとにかくおばあちゃんに教えられたことはなるべく実践していこうと思っていた。今度会ったときに少しでもおばあちゃんを喜ばせられるように。まいはあらゆることに粘り強く取り組んだ。

まいとしては思いがけないことだったが、その態度はショウコに尊敬と賞賛の念を抱かせた。ショウコはどちらかというと飽きっぽい性格だったのだ。

おばあちゃんの家へは、とうとう結局あれから一度も行かなかった。まいの学校生活が軌道に乗ったのを見計らって、ママはまた仕事を始めたし、パパは相変わらず忙しかったし、まいはまいで、結構予定が詰まっていたのだ。


おばあちゃんの家へ向かう途中、まいはあの二年前の日々を思い返していた。あの、あんなに好きだった「あの場所」のことを。そして、自分がこの二年間、ほとんど「あの場所」のことを思い出しさえしなかったことも。大事なものには変わりないのだ、まいにとっては神殿にも匹敵するような場所なのだ。なのに、どうして忘れてしまえていたのだろう……。まいは後ろめたかった。

車がおばあちゃんの家の前庭に入ると、すでに見知らぬほかの車が駐めてあった。まいとママは大急ぎで車から出て、まっすぐ玄関から入った。奥からゲンジさんが出てきた。まいは複雑な思いで久しぶりに見るゲンジさんを眺めた。

「母は？」

ママは挨拶もせずに事務的に聞いた。ゲンジさんは黙って奥のおばあちゃんの部屋を指した。ママはそのまま物も言わずにそちらに突進した。

ゲンジさんはまいを見ると、弱々しくうなずいた。まいもぎこちなく会釈を返して、ママの後を追った。

おばあちゃんはきちんと布団に寝かされていた。顔にかけられた白い布がまいに冷水を浴びせるようなショックを与えた。――おばあちゃんも、こんなものを被らないといけないの？

そのとき、ママがぞっとするほど冷静な声で言った。

「家ではこんなものはかけないのよ」

そして、その白い布を取った。痩せて、老いたおばあちゃんの顔が出てきた。人は二年でこんなにも老いるものなのだろうか。

「この人はこういう死に方をする」

ママは抑揚のない低い声で言った。

捨てられた子供みたいだと、まいは人ごとのように思った。

「まい、悪いけれどしばらく台所へ行っていてちょうだい」

まいは黙って言われたとおりにした。おばあちゃんが死んだという悲しさより、もう取り返しがつかないという恐ろしい後悔の念が、どす黒いコールタールのように、まいの心を覆い始めていた。胸に深く長い刀傷がぱっかりと開き、まいの存在のすべてがその痛みで締めつけられているような感じだった。まいは、もう二度と今までと同じような朝を迎えることはできないと思った。

そのとき、爆発するようなママの泣き声が聞こえてきた。まいは自分の唇が冷たくなって震えているのを感じた。長いこと、そうやってじっと動かなかった。ママが台所に入ってきた気配で我に返った。

「英国へ連絡しなくちゃ。パパはもうすぐこっちへ来ると思うけど……。おばあちゃんの教師時代の知り合いの住所録がこの辺にあったと思うんだけれど……」

ママは戸棚を開けて探し始めた。まいも立ち上がって手伝った。住所録は裁縫箱の中から出てきた。

「じゃあ、ママはあっちでしばらく電話をかけているから」

「わかった」

二人はそれぞれの後悔を抱いたまま、一人は残り、一人はリビングへと去った。ママが行ってしまうと、まいはテーブルに突っ伏した。そして顔を歪めて、

「ああ」

と絞り出すような声を出した。ただ悲しいというのとは違う、どうしていいのかわからない、悲痛という言葉が今のこの状態にいちばん近いといったらそうかもしれない。涙も出ないのだ。この冷酷さ。わたしは一体どうなっているんだろう……。

そのとき、突然、トントンと台所ドアをたたく音がした。まいは顔を上げた。ゲンジさんだった。まいはのろのろと立ち上がって、ドアを開けた。すべての感覚が自分から去り、何千枚もの薄いオブラートで繭のように体を包まれているようだった。

ゲンジさんには、以前の威嚇するような横柄な態度は微塵も見られなかった。一回りも二回りも小さく見える身体を、折り曲げるようにして、何か差し出した。

「これを、飾ってあげてくれんか」

銀龍草だった。

まいは思わず、あっと声を上げた。そして、両手で受け取った。

「ここのじいさんが好きだったでの。わしは出来は悪かったけんど、ようしてもろうた」

ゲンジさんは眼をしょぼしょぼさせて言った。よく見ると、ゲンジさんは泣いているのだった。

「何かすることがあったら、ゆうてくれ」

そう呟いて、立ち去ろうとしたが、ふと、足元に目を止めた。

「えらい、キュウリ草がようけ咲いとるのう」

まいも気づいた。まいがヒメワスレナグサと呼んでいた花が、見事な一株になって、咲き誇っていた。

「これ、キュウリ草っていうんですか?」

思えば、これがまいが初めてゲンジさんに嫌悪感なしに話しかけた言葉だった。オブラートの繭の中にすっぽりと入っているように感じていたせいかもしれなかったけれど。

「そう呼んどるがの」

ゲンジさんはうなずくと出ていった。

まいの手の中にあったのは確かにあの銀龍草だった。銀細工のような不思議な花。二年ぶりで見るその花は、こんなときでさえ、まいの目をくぎづけにする。

まいはおばあちゃんがしていたように一輪差しに銀龍草を生け、おじいちゃんの写真の前に飾った。

それから、あの懐かしいヒメワスレナグサにも水をやりに台所ドアの間に行き、腰をかがめ、何げなくあの汚れたガラスに目を遣った。そのとたん、電流に打たれたようなショックを感じてそこに座り込んでしまった。

その汚れたガラスには、小さな子がよくやるように、指か何かでなぞった跡があったのだ。

ニシノマジョ　カラ　ヒガシノマジョ　へ

オバアチャン　ノ　タマシイ、ダッシュツ、ダイセイコウさっきはなかった、とまいは思った。さっき、ゲンジさんが来たときは。それとも、やっぱりあったのだろうか。気づかなかっただけなのだろうか。

ああ、おばあちゃんは、おばあちゃんは、おばあちゃんは、覚えていたのだ。あの、約束。

まいはその瞬間、おばあちゃんのあふれんばかりの愛を、降り注ぐ光のように身体中で実感した。その圧倒的な光が、繭を溶かし去り、封印されていた感覚がすべて甦ったようだった。そして同時に、おばあちゃんが確かに死んだという事実も。嬉しいのか悲しいのかわからなかった。

まいは目を閉じた。打たれたように拳を固く握った。堪えきれずに叫んだ。

「おばあちゃん、大好き」

涙が後から後から流れた。

そして、そのとき、まいは確かに聞いたのだった。

まいが今こそ心の底から聞きたいと願うその声が、まいの心と台所いっぱいにあの暖かい微笑みのように響くのを。

「アイ・ノウ」

と。

ブラッキーの話

学校で、怪談がはやっている。

夏だからということもあるだろうけれど、ぞくぞくっとする怪談話は、今いる現実の世界とはちがう場所に入っていくような感覚を与えてくれる。あまり流行には乗らないまいも、だれかが、おじいさんから聞いた「昔、横町に立っていた幽霊の話」や、「だれも近寄らない近所のお化け屋敷の話」とかを話しているときには、思わず耳をそばだててしまう。気のせいか、最近、テレビも怪談特集ばかりのような気がする。放送日がわかっているときは、必ず見ることにしている。

だから、テレビでもそういう番組がなかったある晩、ママと二人きりの夕食が終わったあと、まいはつい、ママに、

「ねえ、ママ。なにかぞくぞくっとするような話、知らない?」

ときいたのだった。

「ぞくぞくっとするような話ねえ」

ママは紅茶をいれながら、しばらく考えていた。それからポットを持って、テーブルに運びながらいった。

「こわいかどうかはわかんないけど、ほら、ママ、よく帰りがおそくなることあるでしょ」

「うん」

まいも、ティーカップとマグを運びながら返事をした。パパは単身赴任で、今は家にいないけれど、二人は共働きだ。

「駅の大通りを曲がったところから、すごく暗い坂道になるじゃない」

「うん、なるなる」

怪談っぽい予感がして、まいはいすにすわるとすぐ、身を乗り出した。

「いやだなあ、心細いなあ、と思うとき、必ず黒い影のようなものが現れるのよ」

ママの声が低くなり、まいはすっかり引きこまれた。

「それで?」

「それでおしまい」

終わり、ということを強調するためか、ママは、口をきっと結んだ。

「そんなあ。その影、どこから出てくるの?」

「わかんないわよ、そんなこと。でも、別に悪さするわけでもないし」

「でも、気味悪いでしょ」

ママは、首を縦にも横にもふらず、

「うーん……。それがそうじゃないんだな。ブラッキーのこと、思い出して」

といった。

ブラッキーというのは、まいの祖母の家、人里はなれた山の中の、ママの実家で飼っていた犬のことだ。まいが小さいころに死んだ。まいもときどき話を聞いたことがあるけれど、くわしくは知らない。死んだ時のこと以外は。

「ブラッキーって、ママがいくつぐらいのころから飼っていたの？　おばあちゃんのところにずいぶん昔の写真があったよね、おじいちゃんと一緒に写っている」

そのおじいちゃんも、ブラッキーが死ぬ前になくなっていた。ママは、紅茶をつぎながらゆっくりと、

「ブラッキーはね、ちょうど、ママがまいぐらいの歳のころに、おじいちゃんの友達の家で生まれたの。それを、おじいちゃんがもらってきたの。前に育てていた犬がなくなったあとだったから、ママは、最初はあんまりかわいがる気がしなかった。なんだか、前の犬を裏切るような気がして。そこでブラッキーをかわいがったら、前の犬、チェリーの思い

出が消えていくような気がして。でも、そうじゃないよって、おじいちゃんがいったの」

と話し、それからひと口紅茶を飲むと、思い出を頭の中から引き出すように、また話し始めた。

「おじいちゃんのいうとおりだった。ブラッキーが何かするたびに、ああ、チェリーとちがうとか、チェリーもこうしてたとか、チェリーのことを生き生きと思い出せるようになった。チェリーに注いでいた愛情が、消えてしまうんじゃないの。そういうものって、どんどん増えていくものだったのよ。おじいちゃんは、そのことをいっていたのね」

まいは、この話にひきつけられた。

「親友だと思っている子以外の子と仲よくなっても、その子への友情がなくなったわけじゃないもんね」

「そうそう。友情だって、どんどん増えていくものよ。友達それぞれのちがいがわかるにつれて、その子の持ち味もよくわかるようになるし」

そうだよね、とまいは、いつもより深くうなずいた。ママは、あれ、学校で何かあったのかな、というような顔をしたが、すぐにもとの話題にもどった。ママは、学校のことに、あまり深入りしたがらないからね、とまいは心の中で思った。

「そのブラッキーは、ブラック・ラブラドールと日本犬の雑種で、見かけはブラック・ラブラドールに近かったけれど、もっと、何か、落ち着きみたいなものがあった。いつも、おじいちゃんの散歩にくっついていって。近所の、といっても山一つこえたところだけど、そこの犬が、ある時リードを付けたまま脱走して、途中でそれが木の根っこか何かにからまっちゃって、死んでたところを発見されたことがあったの。それを聞いてから、おじいちゃんはブラッキーにリードを付けることをやめたの。この犬にはリードは必要ないよ、って。それからブラッキーは、どこへ行くにも自由だった。今では、そんなこと許されないけどね。飼い犬を野放し、なんて。でも、わたしから見ても、ブラッキーは分別のある犬だった」

「わたしのおもり、してくれたんでしょ」

まいは、幾度となく聞かされた話を思い出した。ママは、そうそう、と今まで何度もくり返した話を、うれしそうにまた語り始めた。

「よちよち歩きのまいの横を、つかずはなれず歩いていた。ある時、まいがいないって、うちじゅう大さわぎになっているところへ、突然、知らない人が訪ねてきて、表の道路を小さな女の子が歩いていたので、山の中だし、気になって声をかけようとしたら、そばについていた犬からうなられた。もしかしたら、お宅のじょうちゃんですかって」

ママはおかしそうに、クックッと笑った。

「あわてて表の道路に出たら、確かに、ずっと先に小さな子と犬がいる。ブラッキーが車の通る側を歩いて、まいを護衛していたのよ。まいの歩調に合わせて歩きながら」

「それ、前も聞いたけどさ、だったら、ブラッキーは、わたしが『脱走』しないようにすることもできたんじゃない」

まいは、その「小さな女の子」が、まるで自分と関係のない子のようにいった。

「だって、あなた、そのころ歩くことが得意で得意で、どこまでも歩いてみたがったのよ。町の家では、事故があったらいけないから、ママが家事をしているときは、サークルの中に入れていたけれど」

それって、ブラッキーよりも人間あつかいされてないみたい、とまいは思った。まあ、いいや、わたしの知らないころの話だもん、知らない小さな子の話として聞こう。

「おばあちゃんのところでは、どこでもはだしで歩いていたっけ。ほら、台所は土足オーケーでしょ、そこへはだしで降りていって、そのまま畑まで行くので、ママ、最初、キャーキャーいってた。わたし、部屋で仕事してるからまいを見ててね、って何度おばあちゃんにいっても、はいはい、っていうばかりで、全然気をつけてくれないんだから。畑なんて、ばいきんだらけなのに」

それはたぶん、おばあちゃんの作戦勝ちだ、とまいはひそかに思った。おばあちゃんは、いろんな菌がいるのは豊かってことだ、っていっていた。はだしで歩くと、大地とつながっている感じがしますね、といったこともあった。

「あなたが見つかったとき、ママ、大声でしかろうとしたの。そしたら、おばあちゃんが、まいは、知らない景色の中を自分の足で歩いて見てみたかったんだ、しかっちゃいけないっていった。ブラッキーは、そういうことがわかる犬だから、いざ危なくなったら、自分がなんとかするつもりだったんだろうって。そりゃ、買いかぶりすぎじゃないかって思ったけど、でも、ブラッキーは、確かにそういう犬だったのよ」

ママは苦笑して、肩をすくめた。このところは、初めて聞く話だ。まいは、ようやくその子が、自分と関係があるように思えてきた。

「ブラッキーは、そういう犬だった。まいと同じように、わたしもお世話になったのよ。おばあちゃんの家からは、バス停まで歩くと三十分はかかるでしょ。学校へ通っていたころ、部活とかでおそくなると、いつもブラッキーがバス停までむかえに来てくれていたの」

「うっそお」

犬がそんなことするなんて聞いたことない、とまいは思った。

「本当よ。朝は出勤するおじいちゃんと一緒に家を出たけど、帰りはまちまちでしょ。最初は、おばあちゃんと一緒にむかえに来てたんだけど、ある時、おばあちゃんが、ブラッキー、時間だからあの子をバス停までむかえにいって、ってたのんだら、すたすたバス停に向かって歩きだした、っていうのよ。それだけじゃなくて、何か取ってくるとか、にわとりを小屋に入れるとか、おばあちゃんのたのむことは、たいていやってたみたい」

「ママのいうことは?」

「それがさ」

ママは、少しくやしそうにいった。

「わたしについてはなにか、自分のほうが立場が上の、保護者のように思っていたみたいで、あんまりいうことはきいてくれなかった。おばあちゃんに、何かコツがあるの、ってきいても、にやりと笑って、ただ心をこめてたのむのよ、としか教えてくれなかった」

その、にやりと笑って、というところが、いかにもあのおばあちゃんらしいので、まいは、思わず笑ってしまった。

「ともかく」

ママは、わざとコホンとせきばらいをした。

「見かけも黒くて、おそろしそうで、おまけに大きな犬じゃない。一緒の帰り道、たまに知らない男の人たちと通り過ぎても、明らかに向こうがブラッキーをこわがって、さけているのがわかったわ。ある時、どういうわけか、道のはしにドラム缶が落ちてたの。その少し前に、大きなトラックとすれちがったから、ああ、あれが落としていったんだなって思ったけど、なんとブラッキーは、わたしとドラム缶の間に立って、ものすごい声でそのドラム缶にほえ始めたのよ。頭を低く落として、すごいけんまくで、ほえたりうなり声を出したりして、戦闘態勢に入ってた。そんなブラッキーを見たのは初めてで、びっくりしたけど、ああ、そうか、ブラッキーは今まで、ドラム缶なんて見たことなくて、来る道ではいなかった化け物が急に現れたんで、わたしを守ろうとしてるんだ、ってわかったの。熊かなんかみたいに思ったのね。かいだこともないにおいがしているし。なだめようとした時、しっぽが、すっかり足の間に入っているのに気づいた。それを見て、ものすごい恐怖を感じてるんだってわかったの。けど、ブラッキーは、わたしを守ろうとした」

ドラム缶と熊をまちがうなんて、ちょっとおまぬけだけれど、ブラッキーはいいやつだ、とまいはじんとした。そんな犬を飼っていたママが、うらやましくなった。

「次の日からは、それが生き物じゃないってわかったみたいで、ブラッキーが知らん顔するので、ブラッキー、これは何？　昨日、あんなにほえてたのに、ってからかったら、あら、わたし、そんな物にほえました？　ってすました顔をして通り過ぎてたわ。バツが悪かったのよ、あれは」

ママは、思い出し笑いをしながらいった。まいも笑った。

「でも、ママのいうことをきくときもあったのよ。ママが、ブラッキーの食事係だったの。だから、『待て』と『よし』だけはよくきいたわね。食事のときだけじゃなくて、動作を止めるとき、『待て』。それを解除するとき、『よし』」

ママは小さな声で、「待て」とつぶやいた。昔を思い出しているのかもしれない。

「でも、ブラッキーがいちばん好きだったのは、やっぱりおじいちゃんだった。おじいちゃんがなくなってから、ブラッキーはめっきり元気がなくなって、食事さえほとんどとらなくなったらしいの。おばあちゃんからその話を聞いて、どこか悪いのかもしれない、こっちに連れてきて、大学の動物医療センターで調べてもらう、ってわたしがいい張ったの。これ以上、ブラッキーまでいなくなったら、って考えて……」

そこで、ママはちょっと絶句した。ブラッキーがしばらく町に来ていたときのことは、まいもおぼろげに覚えている。

「今から思えば、ブラッキーには本当に悪いことをした。おばあちゃんは反対していたんだけど、わたしが、ブラッキーにまで死なれたら、わたしはつらいっていったら、折れた。わたしがおばあちゃんのことを心配してたのが、わかったんだと思う。だって、おばあちゃんは、まるっきり一人になっちゃうからね」

おばあちゃんは、一人になったからってこたえるような人には思えなかったが、ブラッキーがどんなふうに死んだか、まいは知っている。センターで苦しい検査づけにあったあげく、見つかった腫瘍を取るために、骨盤までけずる大手術になり、結局、手術は失敗した。何もしないでいたら、少なくとも、もう少しは長く生きただろう。

「ごめんね、ごめんね、おばあちゃんのそばで、家で死にたかったのにね」とブラッキーの横で、ママは泣いた。小さいころから、ママが泣くと、ブラッキーはいつもそばによって、なめたり鼻を寄せてきたりして、なぐさめてくれたのだそうだ。だからその時も、泣いているママをなぐさめようとしたのか、一生懸命しっぽをふろうとし、首をのばしてママの手をなめようとしたが、もうその力がなく、最後はしっぽがパタンと落ちて、ブラッキーは死んだ。

まいは、いったい、これが自分で本当に見たことなのか、それとも、何度も聞いたので見たつもりになっているのか、正直なところわからない。その場にいたことは、事実らしいのだけれど。小さいころから、この話をするたびママが泣くので、強烈な印象をもっていたことだけは確かだ。

そういう死に方だったから、ブラッキーがママにうらみをもっていると考えられなくもなかったが、まいにはそうは思えなかった。

「もしかしたら、ブラッキーが化けて出てるって、思ってるの?」

ママは、とんでもない、というふうに首をふった。

「ちがう、ちがう、その反対。ブラッキーは死んでからもわたしのことが心配で、大好きなおじいちゃんのところに行けないでいるのかもしれない、って、最近思うようになったの」

「ああ、ママのこと、駅までむかえに来てるって」

「そうそう」

なんと、自分に都合のいい考え方、とまいは一瞬あっけにとられたが、でも、今の話を聞いていると、確かにブラッキーは、そういう犬のような気がしてきた。ママは思い出したのか、また鼻をすすって泣いた。その時、網戸の向こうの暗やみで、何か音がした。まいとママは思わず目を見合わせた。ザッ……ザッ……ザッ……ザッ……。

それは、動物が歩いている音のように聞こえた。でもこの庭にはさくがあって、外からは入れないはずだ。まいは全身が耳になったように、その音に集中した。カーテンがゆれた。

「だからね、ブラッキー」

ママは立ち上がり、窓の方へ向いていった。

「わたしはもうだいじょうぶ。もう、おまえの好きなところへおゆき」

それから、

「よしっ」

と、大声でいった。

その時、またカーテンがゆれて、黒っぽい影が動いたように思った。まいは息をのんだ。けれどもう、音は何も聞こえず、外は静かになった。こちらを向いたママは、口をへの字に結んでいた。ブラッキーに心配かけないように、なみだをこらえているんだ、とまいは思った。

友達との間で話題になるような「怪談」ではなかったけれど、それに近いような、ぞくぞくっとする何かを、そのときまいは感じた。


それから数日して、もう黒い影は出なくなった、とママは少しさびしそうにいった。おばあちゃんに電話で話すと、ブラッキーは愛情深い犬ですから、といったけれど、パパに話しても、そんなこと、ママの気のせいだよ、ママはブラッキーのことで罪悪感をもっているから、とまるで本気にしない。何人かの人が一緒に見て、みんながそれを事実としてみとめたのなら別だけど、と。

パパのほうが、「冷静な大人の受けとめ方」なんだろうけれど。

今でも、あの時の「ぞくぞく」を思い出すことがある。あれはやっぱり、恐怖の「ぞくぞく」ではなかった、とまいは思う。何かを「この世のものではない」と感じるところは同じだけれど、でも、それは恐怖の「ぞくぞく」よりもっと、おごそかなもののように思われた。

パパのいう「事実」と、人の心のなかで動く「物語」は全然別のものなんだってことにも、まいは気がつき始めた。二つを混同してはいけないけれど、どちらが自分にとっての「真実」かは、きっとそのときどき、ひそかに自分で決めてもいいことなんだろう。

冬の午後

「おはよう、まい。もう起きたのですか」

台所は湯気とラジオの音で賑やかだった。その湯気の向こうから、祖母は私に気づいて微笑み、声をかけた。彼女は英国人だったが、若い頃から日本にいるのでとても流暢な日本語を喋った。

小学生の頃、私は学校が長い休みに入るとよく祖母の家に泊りがけで遊びに行った。このときは六年の、つまり、小学校最後の冬休みだった。祖母は伴侶の祖父を亡くして、一人で暮らしていた。

「おはよう、おばあちゃん」

私はまだ幼くて、起きたら隣に寝ているはずの祖母がいなかったので、意識の半分は夢のなかにいるような状態で、パジャマのまま、台所まで出てきてしまったのだった。

「寒いですよ」

祖母はそういって、椅子の上に置いてあった自分の毛糸のショールを私の肩にかけ、くるんだ。毛糸はかまどの煙をたっぷり吸い込んでいた。燻したような匂いが私を包んだ。冬の頃のあの家を思い出すと、いつもこの匂いが甦ってくる。煙ったいのだが、温かい。いくら煙くても――ときには目がしぱしぱして、まばたきするほどだったが――あの湿り気のある実直な暖かさには代えられなかった。

「着替えてくるね」

部屋に戻ってパジャマを脱ぐと、寒さで腕に鳥肌が立った。

「うー寒い」

歯の根をガチガチいわせながら思わず体じゅう力ませ、着替えを済ませた。それからもう一度台所へ戻り、台所のドアから外へ出た。風がざあっと吹いてきて、私は思わず目を閉じた。寒さで顔がバリバリとこわばり、痛いほどだった。外の水道近くに置いてある洗面器を見て驚いた。中の水が凍っていた。台所へ駆け戻り、

「おばあちゃん、水、凍っているよ」

「ああ、そうでしょう。冬の間はお風呂場で顔を洗ってください。今、お湯を出します」

祖母はストーヴの上に置いてあった薬罐のお湯を金盥に出し、水を足して渡した。私はそれを持って風呂場へ行き、大急ぎで顔を洗い、歯を磨いた。普段町で生活しているとき

は、いくら寒いといっても、こんな体の芯から凍えるようなことはなかった。山の冷気には、体じゅうの皮膚の毛穴から忍び入ってくるような容赦のなさがあった。

「最初にこの家で冬を過ごしたとき、寝る前におじいちゃんの枕元に置いておいたコップの水が凍りました」

朝食のとき、祖母は紅茶カップを手に微笑んでいった。

「ええ？　冷凍庫みたい」

「そう、天然の冷凍庫。ジュースは、外に置いておいたらシャーベットになりますよ」

「うわあ……。そうか、そうだよねえ。冷凍庫と同じなんだもん。夏にそれができたらいいのにねえ」

私の頭の中は、シャーベットという言葉でいっぱいになっていた。さぞかし目も輝いていたことだろう。

「そうね。でも、夏は暑い。暑いと外では氷はできないわけです」

祖母は相変わらず微笑みながらいったが、いくら幼かったとはいえ、私ももちろん、そんなことはわかっていた。祖母は本気で私を諭そうとしているのだろうか。それとも冗談なのだろうか。本気だとしたら、祖母は私がそんなこともわからないような子どもだと思っているのか。私は心配になった。それで、そっと、

「あのね、暑いと氷ができないことは知ってるよ」

と、小さくいってみた。祖母はぷっと吹き出した。

「私も、まいがそれを知っているだろうとは思っていましたが」

ああ、じゃあ、やっぱり冗談だったんだ、と、私は安心し、そんなことにこだわった自分が恥ずかしくなった。

自分が相手にどう受け止められているのかということが、私はその頃、とても気になっていた。と同時に、そんなことを気にする自分が情けなかった。そういうことばかり考えていると、つくづく自分が嫌になった。私は卵立てのなかの、半熟の卵をぐるぐるとかき回した。祖母はその指先を見ながら、ゆっくりと、

「まいは、自分が相手によく思われたいのではなくて、正しく理解されたいだけなのではないですか」

と、繭のなかからそっと糸を繰り出すようにいった。

祖母のこの姿勢――慎重に、デリケートなものを扱うようにことばを選び、相手に語りかける――、ときにはぎこちない日本語のように響くけれど、この姿勢は彼女の一生を通じて、少なくとも私に対しては、一貫したものだった。

どうして祖母はああいうことが、まるで日常の動作のように気負わずにできたのだろう。今も時折、こういうふうに思い出しては不思議に思う。彼女にとって日本語が母語でなかったせいだろうか。それゆえにことばとの間に緊張感があり——少なくとも、最後まで「狎れ」は発生しなかった——惰性でことばを流してしまうことをせず、いつもできるだけ正確を期していた。そして、ことばを投げかけて終わり、ではなく、そのことばを自分の意図するように相手がキャッチしているかどうか、それを見届けようとしていた。祖母がやっていたのは、そういうことだったのだろうか。

祖母にそう声をかけられ、私はハッとして顔を上げた。祖母は続ける。

「そうだとしたら、いちいち訂正したり、念を押したりすることも、意味のあることですよ」

なぜ彼女は、あのとき私の考えていることがわかったのか。私は心底驚いて、

「あのね、ほんとうは、そのことをちゃんといおうかどうしようか、迷ったの」

うんうん、と微笑んで、彼女はもうそれ以上は何もいわなかった。

その日、昼食を終えると、祖母は麓の村の公民館で、フルーツケーキの作り方と簡単な

英会話のクラスを頼まれているとかで出掛けて行った。正確にいうと、英語でフルーツケーキの作り方を実演してみせるのだそうだった。英語、ちゃんと出てくるかしら、と、彼女にしては珍しく不安そうにいったので、私はおかしくなって笑った。

誰もいない昼日中《ひるひなか》、私はキッチンテーブルでその日の分の宿題を済ませた。それからリビングに行って、外がぽかぽかと暖かそうだったので、窓を開け、絨毯の上に横になり、ぼんやり外を眺めた。枯れ草の間から、やわらかそうな若い緑の草が覗いていて、優しい冬の陽があたっていた。近くで、ヒンヒンヒンヒン、とジョウビタキの声がしていた。私はすっかり眠りに誘われていた。

うつらうつらとしていたら、突然近くでけたたましいニワトリの声がして目が覚めた。雄鶏が地面をほじくり返して何かつついている。夜、ニワトリたちはニワトリ小屋で寝るが、昼間はこうやって庭に出ているのだ。向こうでは雌鶏が二羽、盛んに土を突っついている。よくは見えなかったが、何かの虫を見つけたらしかった。二羽の視線の先が、地面の一点で合っている。そこへすかさず雄鶏がやってきて、当たり前のように横取りしてしまった。こういうことが繰り返されていたのだろう。

見ていて私は、なんだか腹が立ってきたのだった。まず、あの横柄そうな態度が気に入らなかった。なんであんなに威張っているのか。卵も産まないくせに、と思った。

その、卵も産まないくせに、という非難がなんとなく不当なものであることは、私にもわかっていたが——なぜなら、それは雄鶏の非ではないのだし、また人間の側の利益を基準にしているのは明らかだったから——、感情的になると、人はなかなかフェアになれないものだ。

次に同じことが起こったときは、もうじっとしていられなかった。私は立ち上がり、憤然として玄関を出た。そして裏庭の方へ回る途中にある、庭仕事道具のしまってある小屋の戸を開け、庭箒を取り出した。唇をきっと結んで決然と裏へ回る。そこでまたミミズを独り占めしている雄鶏を見、思い切り箒でそのお尻を叩こうとし、瞬間ちょっとためらって、箒を逆にし、柄の方でつついた。不意をつかれた雄鶏は、前につんのめったが、何が起きたのか理解すると、ものすごい勢いで私に向かって走り出した。私は驚いて、みっともないことに思わず箒を放り出して逃げた。すぐに終わると思っていたが、雄鶏は思いの外しつこく、とうとう玄関のところまで追ってきたときは、私は真剣に恐怖を感じた。

慌てて家のなかに入り、大急ぎで戸を閉めた。思わず大きく深呼吸をした。なんだかホラー映画のようだった。映画なら、ここで家のなかのどこからか、突然ニワトリが飛び出してきたりするものだが……。まさかね、と思いながら、ハッとした。リビングの窓！　さっき開けたのだった。そっと覗くと、いつの間にか窓は自分で閉めていたらしく、ほっとした。硝子越しに雌鶏が二羽、陽だまりのなかで何ごともなかったかのように地面を足で蹴ったりくちばしで突いたりしているのが見えた。のどかで平和な光景だった。ひとまず彼女たちのひとときの平安は守ってあげられたのだ、と私は自分を慰めた。

それにしても雄鶏はどこにいるのだろう、もしかしたら、玄関の前でじっとドアが開くのを待っているのではないか。だとしたら私は一生この家から出られないのだろうか。今考えると笑ってしまうが、そのときは本気でそう考え、だんだん怖くなった。玄関のところへ行き、そっと、ほんの少しだけ、ドアを開けて外の様子を見てみよう、そう思って玄関ドアのノブに手を伸ばしたそのとき、突然ドアが開いた。私は思わず、

「ぎゃー」

と叫んだ。

「ああ、びっくりした。いったいなんの騒ぎです」

祖母だった。私はすっかり力が抜け、

「なんだ、おばあちゃん。……おかえりなさい」

「ただいま。何があったのですか。まあ、とにかく台所へ行きましょう。ケーキもありますよ」

「わあ。すぐにお湯をわかすね」

私はほっとしたのと少し恥ずかしいのとで、いつもより派手にリアクションして、走るようにして台所へ行き、薬罐に水を入れ、火にかけた。祖母がケーキを切り、お茶の準備をしている間、ことの顚末を話した。

「ああ、それで、雄鶏が前庭まで出てきていたのね。裏に行くようにいっておいたから、もう大丈夫ですよ」

「ほんとう？　あの雄鶏、ずっと私のこと、つけ……狙わないかしら」

「そこまで執念深くありませんよ。一晩眠ったら、いや、もう忘れてるでしょう、ニワトリってそういうもの。大丈夫、大丈夫」

祖母は私にケーキを差し出した。様々な種類のドライフルーツやナッツがどっしりと入っている。それからミルクと半々に入れた熱い紅茶も。祖母は、私用にはいつも、温かいミルクをたっぷりと入れた。

「そうかなあ。あれだけ怒ってるってことは、案外すごく傷ついていたりして」

私は、ミルクティーを一口飲んだ。

「私なら忘れられないだろうな、一度攻撃されたことは。私、けっこう傷つきやすいみたいなんだ」

ぼそっと付け足した。

思えば、私はここで、心理的に少し踏み出した。祖母の出方を窺っていたのだと思う。祖母はいつも私を受け入れてくれたが、リアルタイムの自分の切実な悩みに、どれほど祖母が向き合ってくれるか、私にはまだわからなかったのだった。

子どもは自分でも気づかずに、さりげなくそういう重い「試し」をする。大人は自分が試されていることになかなか気づかない。それでおざなりの対応をしてしまう。ほんとうはその一瞬、自分の全力を賭して向き合わなければいけないときなのに。けれど、私の祖母は、そういうことがわかるひとだった。

祖母は黙って頷いていたが、ふと、

「ああ、ケーキにクリームをかけましょう。ちょっと待っててね」

そういって立ち上がり、卵籠のなかから卵を取り出すと、小さいボウルに割り入れ、かきほぐした。それから小鍋にミルクと砂糖とコーンスターチを全部いっしょに入れた。そしてくるくるかき回すと、火にかけ、更にかき回しながらほぐした卵を入れてゆく。また泡が立つ。バターを入れる。

そういう動作がすべて、途切れることなく、流れるように続くのを、私はいつも、飽かず眺めていた。今でも目の前に浮かぶ。いつでも実況中継できるほどに。

祖母は火を止めてなお、鍋の中をかき混ぜながら、

「傷つくのは仕方がないです。まいはそういう『質《たち》』なのだから、そのことは諦めないと仕方ないです」

ゆっくりと、自分のなかから紡ぎ出すようにいった。それを聞いて、私は顔を赤らめた。一瞬の戸惑いと反発と、それから、安心感。熱い湯船に浸かって、瞬間身体は緊張するけれど、じわじわと解きほぐされていくような安心感。このお湯は、自分の味方なんだ、緊張しなくていいんだという、全面降伏の安心感。

そういう質だから、仕方がない、というのは、傷つくことなんかないようにもっと強くなれ、と励まされるのとは正反対のベクトルのことばだったが、不思議な説得力があった。どんなに頑張っても、自分が自分である限り、何かで傷つくんだろうな、という気がしていた。けれどそのとき、祖母に、いわば引導を渡されたにもかかわらず、お先真っ暗、という絶望的な気分ではなく、むしろどこか明るい、そう、自分の行き先にほのかな灯りがともったような明るい気分になっていた。祖母は続けてこういった。

「まいはかしこい子ですから、自分のことがわかる。これから先、どんな傷を負っても、その傷で、自分がすっかりだめになってはしまわない、って確信があるでしょう」

このことばは、私をまったく違う次元、自分の人生を一瞬にして俯瞰する次元にもっていった。私はこのときまだ十二歳で、世間も知らず、すべてにおいて経験も足りなかったが、そういうこととは関係なく、これからも自分には手痛いことが起こり続けるだろうこと、それに自分がひとつひとつ、心身ともに傷つきながら関わらざるをえなくなるだろうことを、真夜中の山野に雷が光って一瞬すべてが視界に入るように、把握したのだった。

かなりのことが起こるだろう。身も心もズタズタになるようなことも。けれど、それが、私をすっかりだめにすることはないだろう。今までそうであったように。

私はどう応えていいのかわからず、黙っていた。祖母は、

「どんなことが起こっても、『こんなことは私の致命傷にはならない』って、自分に言い聞かせるんです。そうすれば、そのときはそう思えなくても、心と体のどこかに、むくむくと芽を出す、新しい生命力の種が生まれます」

「こんなことは私の致命傷にはならない」。

私にはこれまで、確かに致命的と思われるような出来事も起こったけれど、そのたび私

は、祖母の教えを忠実に守り、「こんなことは私の致命傷にはならない」と、まじないのように唱え続けてきた。起き上がることもできないような日々が続いても、そのことばは、冬の午後の暖かい光のように、辛抱強く、凍え切った大地に吸収されていったのだった。

こんなことで、自分がだめになることはない、決して。

こんなことで、あなたはだめにならない、決して。


「おばあちゃん、いばら姫の仙女みたい」

私は自分が教えられているばかりの状況に、反発する気分があったのだろう、それで何か気の利いたことをいいたくなったのだろうと思う。ふっと、直感的に閃いた比喩をひけらかしたくなった。

「いばら姫の仙女？」

「ほら、いばら姫が生まれたとき、悪い仙女が呪いをかけるの。この子は十五になったら、紡錘《つむ》に指をさして死ぬ運命だ、って。それでみんな絶望するんだけれど、最後にいい仙女がまじないをかけるの。私には、呪いを消す力はないけれど、それを少し変えることはできる。この子は、十五になったら紡錘に指をさして倒れ、そのまま死んだように眠ってしまう。けれど、王子が現れて眠りから目覚めるだろうって」

「ははあ、なるほど」

この比喩は、我ながら、的を射ていた。

祖母は、私の運命を言い当てたけれど、対処するおまじないも教えてくれた。自分がそばにいて励ますことができない未来に、この「生き難い」孫が、なんとか自力で生き延びていけるように。

私は結局、あの祖母の絶対的な愛情には、立ち向かうことはできなかった。どんなに反発しても、最後には全面降伏しかなかったのだった。いやいや、そういうふうに対立するものでは、そもそもなかったのだった、のに。

「今、あの雄鶏の長所をまいに話してあげようと考えていたんですけれど……」

祖母はそういって、カスタードクリームをケーキにかけながら、困ったように小首を傾げ、

「すぐには見つからなくて」

と、すまなさそうにいった。

それが可愛らしくて思わず吹き出した。私はなんだか楽しくなった。

「おばあちゃん、大好き」

祖母はいつものようににやりとした微笑みを含んだ声で、

「アイ・ノウ」

と、返した。遠くであの雄鶏の声がして、それからカラスがどこか遠いところでそれに応えるかのように、カーアとのんびり鳴いた。私は今なら、祖母とあの雄鶏の長所について話し合えるような気もしている。


けれどそういうことはもう、すべて遠い昔の話だ。なのに折に触れ、こうしてあのときの情景が鮮やかに蘇り、思わず目を閉じてしまう。長い日差しが、台所の窓から柔らかく入り込み、壁やテーブルの上、食器や、ケーキや、微笑む祖母の半身を、濃い橙色に染め上げていた、穏やかな冬の、午後の光を。

かまどに小枝を

陽が昇るのが、毎朝少しずつ遅くなってきていた。

身じろぎをして体を起こし、掛け布団を簡単にたたみ、立ち上がり、部屋の明かりをつける。台所に行ってやかんに水を入れ、火にかける。これだけのひとつながりの動作に、以前よりゆっくり時間をかけるようになった。昔はもっと軽やかにできていたことだ。

台所のドアを開け、外の空気を呼び込む。空気はひんやりとして水気を孕み、秋の森の匂いの先駆け、大気が荒れ模様になりそうな気配がある。外はまだ、夜明け前の暗さを引きずっている。おぼつかない足元に気を配りながら寝室へ戻り、布団を片付ける頃にはお湯が沸いている。

空のポットにまず沸きたてのお湯を入れて温め、それを流しに開けてテーブルの上に置く。紅茶缶から紅茶さじで二すくい、湯気を立てているポットにお茶の葉を入れ、やかんの湯を注ぐ。蓋をして、そのまま置いておく。

ラジオをつける。アナウンサーが今日のニュースを読み上げている。棚からカップを取り出す。あの子が置いていったマグカップも。

この家を去るとき、あの子は最後にこのカップを見つめ、それから自分で棚へしまったのだった。私はそれを見ていた。持って帰ることもできたのに、そのうち帰ってくる人のように、自分のマグカップを置いていったのだった。自分ではそんなつもりはなかっただろうけれども。

それからこのカップを見るたびに温かい思いが溢れる。あの子は、ここにいた間そうだったように、去った後も、私をこうして温かくしてくれる。

二つのカップにお茶を入れる。あの子も今日一日、心身温かく、落ち着いていられるように。マグカップは穏やかに湯気を立てる。

私も座って、お茶を飲む。ラジオは静かに地元のニュースを伝え続ける。外の風が、カタカタと窓を揺らす。ラジオは天気予報のアナウンサーに変わる。やはり気圧がずいぶん低いのだ。秋雨前線――という言葉は日本独特だが、私の好きな日本語の一つだ――が南下してきて天候は目まぐるしく変わる、猫の目のように、とラジオの天気予報にしては珍しい表現を使った。猫の目の虹彩が、光の具合で大きくなったり細くなったりすることを言っているのだろうか。猫の目がそれほど変わるのを見たことはないが、いたずら好きの昔の日本人が試してみたのだろうか。何か、反射するもので光を当てて。そんなことをぼんやり考え、窓の外を見た。雨はまだのようだが、午前中に済まそうと思っていたホウレンソウの種まきは少し延ばすことにしよう。畑に転がったカボチャの大きいものを家に入れておこう。カボチャもそろそろおしまいだ。カボチャとインゲンの煮物を作っておこう。洗濯は小さなものだけにして、サンルームに干そう。そんなことを考えながら、トースターにパンを入れる。バターケースとジャムの瓶をテーブルに置く。平皿とナイフを置く。カップにミルクを足し、改めて紅茶を注ぐ。

質素な食事を終えると、ちょうど風が止んだようだったので、かごを持ち、外へ出て、ニワトリ小屋へ卵を取りに出た。あの子がいた頃は、これが朝食前のあの子の仕事だった。大してタンパク質を摂らないこの家で、朝食に卵くらいは、成長期の子どもに必要な気がしたので。あの子はあのニワトリとはいろいろあったけれど、それなりに付き合っていく術を学んでいた。新しいニワトリ小屋に新しいニワトリたちが入ってきて、また新しい時代が始まった。今度の雌鶏たちはなぜか強くて、時折雄鶏を追い回してトサカをつついたりするのでおかしくてたまらない。あの子がいたら大声で笑うだろうに。卵は二個。私一人では余らせることが多いので、たまったときはケーキにして近所に配る。ゲンジさんは小さい頃からこのケーキが好きだったことを私は知っている。卵を台所に運んで、それから箒を手にして前庭を掃く。落ち葉はまだそれほど多くはなく、私が箒で掃く音だけが、規則的に辺りに響く。ヒヨドリの鳴き交わす声がする。庭の脇を占めているホトトギスの葉叢《はむら》に、つぼみがつき始めている。秋が確実にこの庭に訪れていることがわかる。掃く手を止めて、耳をすますと、キツツキの、春の晴れやかで誇らしげなドラミングとは違う、控えめにコツコツと木をつつく音が聞こえる。職人が、光の当たらぬ世間の一隅で自分の手元だけを見て仕事をしているようで、私はこの音が好きだ。

私は丘の上に向かおうとしている。外に出たときには、まだ日は照っていたのに、あっという間に陰ってきた。なぜ、今、ここに来ようと思ったのか。ちょっと歩いてわかった。シジュウカラの雛が地面に落ちていた。巣立ちの練習をしていて、誤って落ちたのだろう。私が近づいたので羽ばたいて逃れようとしているが、足が何かに挟まって動けない。上の方では親鳥が盛んに警戒音を鳴らしている。そっとかがんで、足の入り込んでいる小枝の股のところを外してあげ、それから雨が降っても大丈夫なように、大枝が重なって葉が茂っているところの下の枝に摑まらせた。威嚇なのか、大きく羽を広げて飛び立つ姿勢をとるが、なかなかうまくいかずぼうっとしている。ぽつ、ぽつと、いよいよ雨が降ってきた。

私も丘へ行くのは諦め、早足で家に戻る。よかった。あのままだったら、あの雛はあっという間に雨に体温を奪われて弱っていただろう。もしくは蛇にやられるか。蛇もまた生きなくてはならないので余計なことであったのかもしれないが、私に見つけられるというのも、またあの雛の持っていた強運だったのだろう。雛はたいてい、初夏頃に巣立つもの。時折晩夏に生まれ、秋頃に巣立つものもあるが、そういう雛は物心ついたらすぐに過酷な冬を迎えることになる。常識的に考えれば、なんというハンディを背負って、と嘆くぐらいの不運だが、そういう生まれ合わせのものに限って、次から次へ、今のような、絶体絶命の危機がやってくる。けれど、こうしてちょっとした幸運が微笑むこともある。なんとかかんとか、そういう運をかき集めて、厳しい秋冬を乗り越えていってくれればいい。

家に帰ると、途端に叩きつけるような雨。ほとんど大丈夫だったが、少し肌寒い。濡れたところをタオルで拭く。夏の雨と違って、体が芯から冷えていく雨だ。あのシジュウカラを雨の前に見つけられてほんとうによかった。内かまどに小枝を入れ、火をつける。この秋初めての火入れだ。内かまどは、あの人がなくなる数年前、遊びのように地元の鍛冶屋と作ってくれたもので、春夏の出番は少ないが、秋冬は結構煮炊きもできて、部屋の暖もとれ、重宝する。何より、私が山の中を歩いて集められるほどの小枝や杉の葉で間に合うところがいい。薪を割る体力は、もう私にはない。そういうことも、あの人は全部、わかっていたのだろう。

雨の音が、ラジオから流れるショパンに重なる。

久しぶりでコーヒーを入れ、ビスケットの缶からビスケットを一枚取り出し、激しい雨を見ながら、一口すする。まるで真夏の夕立のよう。天候までも、最近では昔馴染みのものではなくなってしまった。

外仕事ができなくなったので、燭台を集めてテーブルの上に並べる。子どものいなかった伯母から引き継いだ銀器のコレクションの一部だ。コレクションはナイフやフォークなどのカトラリーから、細々《こまごま》としたテーブルウェア、様々な種類の燭台など。だいぶ曇って、撫でると指が黒く汚れるほどだ。ほんとはこんな湿気のある日にやるべきではないのだが、天気のいい日は外仕事が待っている。天気は不向きでも、しないよりはした方がいいに決まっている。銀磨きクリームと端切れの束。今日は燭台だけ。すべてやるのは大仕事なので、こういう時間に編み物をするように少しずつ磨く。銀磨きクリームも残りが少なくなってしまった。壺の中を見ながら、もうずいぶん昔のこと、私の娘が孫のまいくらいの年、いや、もう少し上だったか……そう、上だった。あの子はもう家を出ていたから。そのときのことを思い出した。ひどく憔悴しきって、まるで努力しても努力しても足の罠が取れないシジュウカラの雛のように疲れて帰ってきた。急なことだったが、ちょうど数日分たっぷり作ってあったカブのスープがあり、作りすぎたかと思っていたが、役に立ってくれた。あの子が風呂に入っている間、このテーブルにあるだけの銀器を全部並べて——またうまい具合に、それらは皆、薄黒く曇って、ケアを必要としていた。風呂から上がったあの子に、あなたも手伝ってくれる？　と声をかけると、ちょっと驚いた風だったが、黙ってテーブルについて、それから黙々と作業を始めた。

銀器は放っておくとすぐに影がさす。こうやって時どき手をかけてあげなければ。あなたがちょうどいてくれてよかった。パパはこういうことは苦手だし。私もそんなことを呟いたくらいで、ほとんど何も話さなかった。

秋の夜で、外では虫が鳴いていた。私たちは黙って一つ一つ、銀器を磨いていった。一つ磨き上げるたび、あの子の心が落ち着いていくのが感じられた。真夜中までかかって、一つ残らず、ぴかぴかにした。顔が映るほど、一点の曇りもない銀器の輝きの、なんと素晴らしかったこと。これほど達成感を感じさせる仕事って滅多にないわね、と、あの子も満足そうに微笑んで言った。ひとの心の傷つきは、簡単に癒されるものではないけれど、こういう昔ながらの地道な作業は、古い友人のように、ひとを励ます。傷が残ることは仕方ないにしても、その炎症作用のようなものを鎮めてくれる。

そうだ。銀磨き剤の作り方のメモも書いておかなければ。

私は、「生活ノート」と題した、レシピなどを記したノートを取り出し、鉛筆を走らせる。

銀磨き剤の作り方。

固形の洗濯石鹸を細かく刻む。熱湯を500ccほど注いでよくかき混ぜる。石鹸の大きさにもよるが、冷めたときにゼリー状になるのを目安にして、様子を見ながら熱湯を足す。それから胡粉、これは画材店に売っている（英国ではホワイティングという）が、これを少しずつ入れて、泡立て器でよく泡立てる。ホイップクリームくらいになったら、ジャムの空き瓶に入れておく。このときすぐにラベルを貼ること（食べるな、と）。一度作れば何年も持つ。水で湿らせたネルの布にそれを取り、銀器を磨く。磨き終わったら、お湯ですすいで、必ず濡れているうちに拭いて乾かすこと。

これでわかるかしら、と読み直していると、突然、台風のように家中を鳴らす暴風が吹いた。そのあと、来た時と同じように、雨はあっという間に上がっていった。狐につままれたようだ。

そうそう、こういうときは虹が出るのだ。

もう一度丘の上に行って、虹に祈ろう。

私は急いでまた家を出る。途中、シジュウカラの雛を置いたところを見ると、そこにはもう誰もいなかった。どこか、もっと安全なところに移動してくれていたらいいのだが。

丘の上に行き着くまでに、足元は水に濡れ、夏の残り香がした。雲の切れ間から太陽が顔を見せる。鮮やかに世界が輝き出す。これほど光に溢れているのに、森自体はもう、夏の顔はしていない。優しい光だ。思った通り、小さな虹が二つも出来ていた。

この空の下で、私の娘も、その娘も、今、生きている。新しい環境の中で。新しい道を選ぶこと、さらにその道を進むということは、体力と気力がバランスをとっていなければ、なかなか簡単にいくものではない。今はまだアンバランスだとわかっていても、他にどうしようもなく、進まなければならないときがある。時の流れは容赦がない。

それでも祈ろう。

彼女たちがこの試練を乗り越えていけるように。

虹の根元の一つは、ギンリョウソウのよく生えるところから出ているようだった。

あの子の心の、奥深く窪んだところに、硬質な何かがひっそりと息づいている。それは、清らかでうつくしい。あの子の祖父も持っていたものだ。何者にも属さない、孤高のもので、同時に、ギンリョウソウのように、生きている存在の、あらゆるものを腐食させ、溶かし込む大地から析出されてくるものだ。生き難さのしるしのような何か。どうかそれが潰れてしまいませんように。行く先々で、小さな奇跡が虹のように起きて、あの子の道を開いてくれますように。

日が暮れるまでにもう一仕事。庭の、蕾を持ったホトトギスを数株、掘り上げてマイ・サンクチュアリに運ぶ。なかなか根付かない株だが、こういう不安定な大気の変化の合間を縫って、閃く雷のように素早く行えば、この株はうまいことその気になってくれて、前々からいたように、ここに根付いてくれる。穴を掘り、祈るように植え付ける。ふと、あの人も、こういう風に、芝草の合間に隠すようにして私にワイルドストロベリーを残してくれたのだったか、と思う。

手を止めて、切り株の椅子に座り、両手で顔を覆う。温かい思いが、波のように身体中に広がり、微笑みが浮かぶ。そして辺りを見回し、自分の仕事に満足する。夕方の柔らかいセピア色が、木々の向こうから滲み始めている。一日がまた、暮れようとしている。今日の最後の仕事も終わった。これでここは、いつの季節にも、何かしら心弾むものが用意できる。

早春には、霜に強張った土を持ち上げるようにしてスノードロップが。春もたけなわになったら、竹藪近く、境界を縁取るようなシャガの群落に花が咲くだろう。今度ゲンジさんに会ったら、そのことを言っておかなければならない。竹の子を掘るときには、シャガの花を傷めないように気をつけて頂戴、せっかく私が植えたのだから、と。あの人はああ見えて花には優しいところがあるから、これでこの境界の一件は落着するだろう。初夏には妖精の棲家のホタルブクロがくすくす思い出し笑いをするように現れる。盛夏になると、純白の涼やかなセンニンソウの蔓が、木々の間を編み込んで、切り株の椅子の向こうをレースのカーテンのように飾るだろう。それからススキの根元にナンバンギセルが立ち上がり始め、晩夏の訪れを告げる。そうこうしていると、初秋の風に、ツリガネニンジンが、いくつもの小さなベルを揺らす。秋から冬にかけてはリュウノウギクがたくましく賑やかに咲き並ぶ。北風が吹く頃には、このサンクチュアリを縁取る仄暗い林の壁に、カラスウリの朱色の実が点々と、灯火の緞帳のように垂れ下がる。その林床には、藪柑子《やぶこうじ》が赤い実をつけ、冬寒のサンクチュアリの景色を温めるだろう。

そして、何年も何年も経って、あの子が成長して、ここを訪れるときがきたら、空の向こうから、木々の合間を通り、梢や葉を揺らしてやさしい風がたどり着き、あの子の耳元にささやくだろう。あの子の心がそのとき、いちばん聞きたいと思う言葉を。

あの子はきっと、聞くだろう。

あとがき

手元にある初版『西の魔女が死んだ』の奥付には、一九九四年四月十九日発行と記されていて、少なくともその二年前にはすでに原稿は存在していたので、書き上げてからかれこれ二十五年、もう四半世紀が経ってしまったことになる。

今回、このささやかな作品に見合ったシンプルな装幀で再び送り出せることに、しみじみとした喜びを感じている。そして二十五年前には、漠然と方向性はわかっていても具体的には書き出せなかっただろう、まいの祖母のモノローグなどが添えられたこともまた、感慨深いものがある。


ただシンプルに素朴に、真摯に生きる、というだけのことが、かつてこれほど難しかった時代があっただろうか。

社会は群れとして固まる傾向が強くなり、声の大きなリーダーを求め、個人として考える真摯さは揶揄され、ときに危険視されて、異質な存在を排除しようとする動きがますます高まってきた。

二十五年前、自分と、自分に似た資質の女性以外の、誰にとって価値があるのだろうと、おどおどと見つめていたこの本を、まいの祖母の年齢に近づいた今、もう一度静かに送り出したい。

行ってらっしゃい。

老若男女問わず、この本を必要としてくれる人びとに辿り着き、人びとに寄り添い、力の及ぶ限り支え、励ましておいで。

私たちは、大きな声を持たずとも、小さな声で語り合い、伝えていくことができる。

そのことを、ささやいておいで。

二〇一七年　春

梨木香歩

初出一覧

西の魔女が死んだ　新潮文庫版

ブラッキーの話 「ひろがる言葉 小学国語 6上」(2011年) を改稿

冬の午後 「ネバーランド」Vol.11 (2009年) を改稿

かまどに小枝を　書下ろし

著者略歴

1959年生れ。著書に『西の魔女が死んだ』『丹生都比売』『エンジェル エンジェル エンジェル』『裏庭』『りかさん』『からくりからくさ』『家守綺譚』『村田エフェンディ滞土録』『沼地のある森を抜けて』『ピスタチオ』『僕は、そして僕たちはどう生きるか』『雪と珊瑚と』『冬虫夏草』『海うそ』『春になったら莓を摘みに』『ぐるりのこと』『エストニア紀行』『鳥と雲と薬草袋』『岸辺のヤービ』『丹生都比売 梨木香歩作品集』等がある。

西《にし》の魔女《まじょ》が死《し》んだ　梨《なし》木《き》香《か》歩《ほ》作品集《さくひんしゅう》

梨木香歩《なしき・かほ》

発　行　2017年4月25日
10　刷　2025年7月10日

発行者　佐藤隆信
発行所　株式会社　新潮社
〒162-8711　東京都新宿区矢来町71
電　話　編集部　03-3266-5411
　　　　読者係　03-3266-5111
https://www.shinchosha.co.jp

装　画　波多野 光
装　幀　新潮社装幀室

印刷所　株式会社精興社
製本所　加藤製本株式会社

ISBN978-4-10-429911-9 C0093

梨木香歩の本

新潮文庫

裏　庭

荒れはてた洋館の、秘密の裏庭で声を聞いた——教えよう、君に。そして少女の孤独な魂は、冒険へと旅立った。自分に出会うために。

西の魔女が死んだ

学校に足が向かなくなった少女が、大好きな祖母から受けた魔女の手ほどき。何事も自分で決めるのが、魔女修行の肝心かなめで……。

エンジェル　エンジェル　エンジェル

私はひどいことをしました。神様は私をおゆるしになるでしょうか——熱帯魚を飼うコウコの嘆きが誘う祖母の少女時代の切ない記憶。

梨木香歩の本

新潮社

単行本/文庫

沼地のある森を抜けて

始まりは「ぬかどこ」だった。先祖伝来のぬか床が、呻くのだ。変容し増殖する命の連鎖、連綿と息づく想い。生き抜く力を探る長編。

単行本

丹生都比売
梨木香歩作品集

胸奥の深い森へと還って行くものがたり。しずかに澄み渡る小説世界。「丹生都比売」の他「ハクガン異聞」等全9篇を収録、初の短篇集。

梨木香歩の本

新潮社

単行本/文庫

春になったら莓を摘みに

「理解はできないが受け容れる」著者が学生時代を過ごした、英国の下宿の女主人ウェスト夫人と住人たちの騒動だらけで素敵な日々。

単行本/文庫

ぐるりのこと

もっと深く、ひたひたと考えたい。生きていて出会う、一つ一つを、静かに、丁寧に、味わいたい。ぐるりから世界を、自分を考える。

単行本/文庫

渡りの足跡

近くの池や川に飛来するカモたちにも、一羽一羽、物語がある。渡りの足跡を辿り、観察し、記録することから始まったエッセイ。

梨木香歩の本

新潮社

単行本/文庫

エストニア紀行
森の苔・庭の木漏れ日・海の葦

何百年もの間、他国に支配されながら、大地とともに生き、祖国への変わらぬ熱情を静かに抱き続けてきたエストニアの魂にふれる旅。

単行本

鳥と雲と薬草袋

鳥のように、雲のように、その土地を辿る。ゆかしい地名に心惹かれる——滋養に満ちた旅の記憶。49の土地の来歴を綴り重ねた葉篇随筆。